La tête en pleine forme

Du même auteur
aux Éditions J'ai lu

La mémoire en pleine forme, *J'ai lu* 7087

JOCELYNE DE ROTROU

La tête en pleine forme

Améliorez vos capacités cérébrales et psychologiques

J'AI LU

Bienêtre

Avant-propos

Ce livre est né de trois rencontres.

La première eut lieu à la fin d'un stage de formation à la stimulation cognitive, que j'avais organisé dans une petite ville de province. Un jeune agriculteur, qui avait assisté à la réunion, sans pourtant intervenir, s'approcha de moi.

— J'ai un problème, me dit-il. Je reçois tout un courrier de l'administration et, la plupart du temps, je n'y comprends pas un mot.

Sa démarche était très louable, car beaucoup de gens se feraient hacher menu plutôt que d'avouer leur incompréhension ou leur ignorance de tel ou tel sujet.

— Tenez, regardez cette lettre, me proposa-t-il.

Le texte que je parcourus rapidement, rédigé dans un jargon administratif, paraissait en effet peu clair. Mon interlocuteur ajouta, comme pour s'excuser d'une réaction qu'il jugeait sans doute humiliante :

— Cette lettre, il faut avoir fait des études pour la comprendre. Moi, je n'ai aucun diplôme ! Je ne m'en sors jamais, avec toute cette paperasse qu'on nous envoie. Et il y en a de plus en plus !

Autrement dit, cet homme pensait que « les dés étaient jetés », que rien ne pouvait plus être fait pour améliorer sa situation. Pourtant, il n'avait que vingt-cinq ans...

Je tentai de lui expliquer que les choses étaient loin d'être aussi tranchées.

— Vous savez, on confond souvent niveau d'études et intelligence, alors que ce sont des notions différentes, contrairement à ce qu'on croit communément. Depuis votre enfance, on vous répète sans doute, aussi bien à l'école qu'ailleurs : « Tu ne feras jamais rien si tu n'as pas au moins ton bac ! » Alors, forcément, vous pensez vous trouver dans un état d'infériorité, puisque vous ne l'avez pas. En fait, diplômés ou non, s'ils s'en donnent la peine, la plupart des gens sont souvent capables de comprendre le courrier administratif.

— Vous croyez ? Et comment ?

Comment ? La chose n'était pas aisée à expliquer. Prise de court, je commençai par un conseil banal.

— Tout d'abord, en achetant un dictionnaire de français et en prenant l'habitude de le consulter fréquemment, y compris en cas de doute sur certains mots. Vous verrez que, peu à peu, une sorte de complicité naîtra entre vous, le dictionnaire et les textes qui vous posent problème. Vous les comprendrez de plus en plus rapidement.

Je lui conseillai aussi, pour se familiariser avec l'écrit, de consacrer régulièrement un peu de son temps à la lecture — qu'il s'agisse de livres ou de journaux, peu importe —, sans hésiter, là encore, à faire appel au dictionnaire.

— Oui, c'est vrai, admit le jeune homme. Il faudrait que je fasse un effort...

Il paraissait hésitant, peu convaincu, sans doute, d'avoir la volonté ou la force de suivre ces conseils avec persévérance.

J'insistai.

— Surtout, retenez bien que rien n'est jamais totalement joué. Quand vous étiez enfant, vous avez d'abord été dépendant de votre mère, et puis vous avez appris à marcher seul, à vous alimenter seul. Progressivement, vous êtes devenu autonome, n'est-ce pas ? Eh bien, il en est de même pour l'intellect : on doit apprendre à conquérir son autonomie dans ce domaine aussi.

Visiblement, mon interlocuteur restait sur sa faim. Il entrevoyait bien, je suppose, ce que j'entendais par « conquérir son autonomie », mais doutait toujours de pouvoir atteindre ce but.

Rien de plus logique. Il était privé de deux éléments essentiels : la conviction de réussir et la démarche pour y parvenir. Des conseils d'achat de dictionnaire et de pratique de la lecture lui semblaient un peu courts. Cet homme avait besoin de changer son regard sur lui-même et, ensuite, d'être soutenu dans ses efforts pour apprendre, réactiver toute cette part de lui-même qu'il avait négligée. Il lui manquait aussi une marche à suivre qui lui indique le « comment ».

En le quittant, j'étais perplexe.

Quelque chose était sûrement à entreprendre, dans ce domaine si particulier.

La deuxième rencontre fut celle d'un enseignant, après l'une de mes conférences à la Cité des sciences.

— Ce qui est étonnant, me confia-t-il, c'est qu'à aucun moment de ma formation de pédagogue on m'ait touché le moindre mot de cet organe des apprentissages qu'est le cerveau. Certes, chacun de nous invente sa méthode « sur le tas », mais notre tâche serait facilitée si on nous fournissait quelques données de base sur le fonctionnement cérébral. Par exemple, en ce qui concerne les leçons, plutôt que de laisser nos élèves se bourrer le crâne désespérément, on pourrait leur enseigner les stratégies associatives que vous avez développées devant nous, et qui leur permettraient de retenir mieux et plus vite.

J'en étais bien d'accord.

— C'est vrai. On retrouve d'ailleurs les effets de cette carence chez nombre d'étudiants. Gavés de connaissances comme des oies bien engraissées, beaucoup se sentent cependant perdus face à tout problème complexe ou inhabituel qui surgit devant eux. Ils possèdent certaines méthodes de travail leur permettant, notamment, de puiser dans leur encombrant stock de connaissances, mais n'en sont vraisemblablement pas conscients. Ce trop-plein de savoir, mal organisé, est loin de les aider — je dirais plutôt qu'il les empêtre.

L'enseignant me proposa alors :

— Vous devriez faire connaître vos méthodes aux enseignants, aux parents d'élèves… et aux élèves.

Vaste programme… qui me confirmait, en tout cas, qu'il existait un véritable besoin dans ce domaine.

La troisième rencontre fut celle d'une personne dite « senior » du service de gérontologie clinique du Pr Forette, à l'hôpital Broca, où j'exerce mes fonctions. Pour elle, le malaise était ressenti plus profondément encore.

— Les temps sont difficiles pour les gens de mon âge, se plaignait-elle. On voit surgir sans cesse de nouvelles techniques, qui suscitent leur propre vocabulaire. Elles améliorent nos conditions de vie, bien sûr, mais encore faut-il pouvoir les utiliser. On a toujours l'air bête si on ne sait pas ! Certaines personnes en viennent à se sentir dépassées, puis exclues. Alors, par réaction, elles finissent par se fermer comme des huîtres à toute manifestation de progrès. On imagine mal toute la souffrance que cela entraîne. Et je m'interroge : peut-on être vraiment heureux dans une civilisation que l'on ne comprend plus, à laquelle on n'adhère pas ? On a plutôt tendance à rejeter la nouveauté et à se complaire dans un passé que l'on se remémore comme un « paradis perdu » …

Ce problème était bien réel, j'en avais pleinement conscience pour l'avoir souvent rencontré au cours de mon travail. Alors que notre durée de vie augmente, il serait urgent de faire en sorte que ces années gagnées en quantité le soient également en qualité. Les seniors pourraient, très tôt, s'appliquer à se maintenir en bonne forme, non seulement physique, mais aussi mentale. Ainsi, ils ne subiraient pas la modernité comme une menace, mais, au contraire, la vivraient pleinement, en profiteraient largement, en apprécieraient tous les bienfaits.

Comme je faisais part de ces réflexions à cette dame âgée, elle riposta :

— Eh bien, c'est loin d'être le cas ! La médecine fait d'énormes progrès pour améliorer la santé du corps, ça, c'est évident, mais que fait-elle pour la « tête », pour qu'elle marche mieux ? Pas grand-chose, vous en conviendrez.

Je n'étais pas vraiment de son avis. Même si le chemin à parcourir reste long, la médecine a tout de même accompli des pas de géant dans ce domaine. Mais, par la suite, j'ai eu souvent l'occasion de vérifier que cette impression d'« être largué » pouvait s'appliquer, dans notre société, à tous les âges de la vie.

Dans le domaine particulier de l'activité professionnelle, ce problème se pose avec plus d'acuité encore. Beaucoup de personnes prennent conscience que si elles veulent progresser dans leur carrière, ou même simplement conserver leur emploi, il va leur falloir penser mieux, et plus vite. Or, souvent, elles ne savent pas comment s'armer pour affronter une situation qui semble les écraser.

Il est fréquent de constater la manifestation d'un manque de précision de la pensée.

Je n'en veux pour preuve que ces reportages télévisuels où l'on interroge les témoins d'un fait divers ou d'un accident qui vient de se produire sous leurs yeux. La plupart, jeunes ou vieux, sont pratiquement dans l'incapacité de décrire, de formuler, de mettre convenablement en mots ce qu'ils ont vu ou ressenti sur l'instant. Certes, ils peuvent se trouver encore sous le choc de l'événement, et donc inhibés, mais, plus fréquemment, ils ne savent pas *dire*, soit englués dans une sorte de blocage qui ne doit rien au fait d'être filmés, soit contraints de répéter les mêmes mots, par manque de vocabulaire.

Dans la vie courante, « C'est génial... génial... super génial ! ... » est une expression que l'on entend souvent, indistinctement appliquée à des phénomènes ou à des situations qui n'ont pourtant rien de semblable. Les expressions « C'est pas évident » ou « c'est clair », qui se sont généralisées depuis quelques années, tendent à jouer le même rôle.

Ce blocage, cette ignorance des outils de la communication ont parfois des conséquences graves. Certains, incapables d'exprimer leurs sentiments et leurs pulsions autrement que par des gestes, en viennent rapidement à des conduites de brutalité. En revanche, mettre des mots sur ce qu'on pense ou ressent constitue une sorte d'enveloppe de protection, donne du recul et, donc, facilite sa propre maîtrise des situations.

À tous les niveaux de notre société, à tous les âges, nombreux sont ceux qui, pour des raisons diverses, souffrent d'une mauvaise utilisation, d'un manque de flexibilité, et d'adaptabilité de leur pensée, ou d'une absence d'autonomie de celle-ci.

En outre, dans mes cours aux étudiants, il m'arrive souvent de parler de la *plasticité cérébrale*, ce terme désignant la capacité qu'a notre cerveau de se modifier dans sa structure et son fonctionnement sous l'effet d'un programme génétique (ou *génome*) mais aussi sous l'influence des stimulations de l'environnement. La plasticité est synonyme de modifications portant principalement sur les connexions synaptiques. Par ailleurs, j'ai mis au point des programmes d'éducation cognitive destinés à encourager les personnes à devenir intellectuellement plus actives et, de ce fait, moins dépendantes. L'expérience a montré que cela « fonctionnait » plutôt bien, et je m'en suis donc largement inspirée dans cet ouvrage.

Ces rencontres, ces constats, m'ont amenée tout naturellement à franchir une nouvelle étape.

Ma pratique, en tant que neuropsychologue dans un cadre hospitalier, serait susceptible de répondre de façon beaucoup plus large à l'attente de ceux qui éprouvent le besoin d'améliorer leur efficience intellectuelle — aussi bien les seniors, grands-parents ou parents, que les enseignants et formateurs, soucieux de voir leurs enfants, élèves ou apprentis, se constituer une « tête en pleine forme ». J'étais donc en mesure de m'adresser à toutes les personnes désireuses de mieux utiliser à leur profit la technicité galopante de notre temps.

Il me fallait établir un lien entre les données les plus irréfutables de la neuropsychologie et tous ceux ou celles qui pourraient en bénéficier. Pour cela, la voie du livre était la plus efficace.

Quelques années auparavant, dans une première étape, j'avais publié un ouvrage consacré principalement à la mémoire[1]. Cette fois, de façon beaucoup plus large, il s'agissait de mettre à la disposition de tous quelques clés susceptibles de faciliter l'accès au savoir et à l'épanouissement personnel.

Les stratégies spécifiques qui sont proposées au fil de ces pages contribuent à l'acquisition d'une plus grande autonomie intellectuelle dans les situations scolaires, professionnelles, sociales, ainsi que dans la vie quotidienne. Les applications de ces stratégies sont adaptées aux divers utilisateurs potentiels, jeunes et moins jeunes. Telles sont les nécessités qui m'ont guidée dans ce travail de rédaction.

Mes motivations dépassent, de fait, le cadre strictement scientifique ou professionnel.

---

1. *La Mémoire en pleine forme*, Robert Laffont, Paris, 1993.

Posséder un certain nombre de stratégies de pensée aide aussi à affirmer sa personnalité, tant d'un point de vue affectif que social, et les personnes qui les auront acquises pourront, du moins est-ce mon souhait, s'adapter plus aisément à leur environnement, établir de solides liens relationnels, bref, vivre libres et indépendantes.

Pour être « bien dans sa tête », il faut certes réunir certaines conditions socio-économiques, être en bonne santé, pratiquer une bonne hygiène de vie, mais aussi mieux comprendre, mieux raisonner pour mieux communiquer avec son entourage. Cette maîtrise intellectuelle permet donc d'atteindre un meilleur équilibre affectif, un plus grand contrôle de l'anxiété, du stress, des états émotionnels.

Il me paraît donc important de souligner que les compétences cognitives concourent au bien-être des individus au même titre que les facteurs physiques, psychologiques et socio-économiques.

Je considère que priver un individu de la possibilité d'acquérir ces outils cognitifs constitue une entrave à sa liberté. De même qu'on s'est battu pour l'accès de tous aux soins, on doit aussi se battre pour l'accès de tous au savoir. Cette démarche n'a rien de bien nouveau et on me dira volontiers que je ne fais qu'enfoncer des portes ouvertes — certes, mais je sais aussi que les portes ouvertes ont souvent tendance à claquer brusquement et qu'il est bon de veiller constamment à ce qu'elles ne se referment pas...

Évidemment, ceux qui naissent et sont éduqués dans des milieux intellectuels où l'on manie avec aisance les concepts bénéficient d'un environnement favorable et sont mieux armés, semble-t-il. Cependant, avec le temps et surtout les ravages de la maladie, leurs facultés peuvent diminuer, si bien qu'ils se retrouvent dans la même souffrance que ceux qui ont été moins favorisés au départ.

Quant aux personnes qui n'ont pu acquérir ces outils intellectuels, non par incapacité mentale mais plus simplement par manque de moyens matériels, d'encadrement ou encore de conviction, elles sont bien sûr encore plus vulnérables.

Dans ce domaine, rien n'est donc acquis définitivement.

Tous ceux qui participent de l'enseignement, à des degrés divers, sont concernés.

Naturellement, il existe des savoirs spécifiques destinés à être dispensés par des professionnels spécialisés. L'histoire et la géographie sont enseignées dans les écoles, collèges, lycées et facultés par des professeurs chargés de ces matières, et il en est de même pour les mathématiques ou les langues. La connaissance de l'intellect doit être dispensée, elle aussi, par des spécialistes, ce qui est fait et que nul ne contestera. Mais, pour autant, peut-on interdire aux enseignants d'éduquer également, sous prétexte qu'ils ne sont pas des professionnels de la psychologie cognitive ? Peut-on refuser aux grands-parents le plaisir de pratiquer avec, leurs petits-enfants des jeux faisant appel à l'intelligence ? Évidemment non. Dans ce domaine, il n'est pas de « chasse gardée ».

Les professionnels du cognitif ont aussi le devoir d'informer, de former tous ceux qui jouent un rôle essentiel dans l'éducation. Certes, il existe des savoirs de base universels (lire, écrire, compter, etc.). Et la curiosité de..., le goût de..., la motivation pour..., l'organisation dans... font partie de ces savoirs de base. C'est précisément à ce type de savoirs, à la fois intellectuels et non intellectuels, que nous nous intéressons dans cet ouvrage. Tout le monde peut comprendre que la maîtrise d'un outil intellectuel (savoir compter, par exemple) sans motivation ne garantit pas plus l'efficacité que la motivation sans maîtrise de l'outil. Autre exemple : la maîtrise de l'outil lecture est naturellement indispensable à cette pratique, mais que vaut l'outil lecture sans l'envie de lire ? Pour lire, il faut donc non seulement savoir lire, mais aussi avoir envie de le faire. L'un ne peut aller sans l'autre.

Le travail de tout pédagogue devrait donc consister à faire acquérir, par celui à qui il dispense son enseignement, la certitude que ces deux aspects de l'apprentissage sont indissociables. Là encore, l'idée n'est pas nouvelle. Encore faudrait-il la mettre plus souvent en pratique...

Ces diverses convictions ont joué leur rôle dans l'élaboration de ce livre. Celui-ci s'adresse à tous ceux qui se veulent responsables de l'accompagnement éducatif, intellectuel, psychologique et social, des jeunes aux personnes âgées. Il concerne aussi bien le monde de l'éducation (enseignants, éducateurs, formateurs, professionnels de santé) que le cercle familial et l'entourage immédiat (parents, grands-parents, amis). Chacun pourra très librement en adapter le contenu à la personnalité et à l'âge des personnes à qui il est destiné, aux difficultés éventuellement rencontrées ainsi qu'à sa propre sensibilité. Ce livre prétend aussi concerner tous les citoyens pour qui l'éducation et l'instruction civique ne sont pas des valeurs négligeables.

Car à ces motivations s'ajoute en effet ce que j'appellerai un « devoir civique » : celui de transmettre du savoir, mais aussi de produire du savoir. Il ne s'agit pas seulement de fournir des connaissances aux novices, mais de leur « apprendre à apprendre », afin qu'ils soient à leur tour producteurs d'autres savoirs. Nous apprenons toujours des autres et nous avons à enseigner aux autres. En ces temps difficiles, de non-emploi pour les uns, de précarité pour les autres, nous souhaitons que ceux qui exercent une activité professionnelle, se souvenant qu'ils ont un jour appris de quelqu'un, deviennent à leur tour « passeurs de savoir » et aident à l'adaptabilité de tous.

La capacité à s'adapter aux changements doit entraîner celle de produire à son tour des changements, d'ouvrir des voies nouvelles — par l'invention de nouveaux emplois, par exemple. Cette adaptabilité procède donc de l'anticipation.

« Donner un poisson à quelqu'un, c'est le nourrir pour un jour ; lui apprendre à pêcher, c'est le nourrir pour la vie. » Et mon but ici n'est pas de fournir au lecteur des connaissances — le poisson — mais de lui donner l'envie d'apprendre à pêcher, à utiliser ses connaissances plus efficacement et plus librement dans sa vie, à agir contre l'immobilisme, le fatalisme, la résignation face aux aléas de l'existence. Lutter contre le dénuement intellectuel, c'est contribuer, chacun avec ses armes, à la conquête de l'autonomie, non pas seulement à des fins purement individuelles, mais dans un esprit collectif.

Apprendre est donc le mot clé.

Apprendre à pêcher permet-il de chasser ? Non, évidemment. Mais apprendre à pêcher permet-il d'*apprendre* à chasser ? Oui, sans aucun doute.

Apprendre l'anglais permet-il de parler russe ? Non plus. Mais apprendre l'anglais permet-il de mieux apprendre le russe ou l'arabe ? Oui, là encore. Celui qui connaît cinq langues apprend beaucoup plus facilement la sixième.

Apprendre à mieux manier les nouveaux concepts de communication permet-il de mieux vivre avec son temps sans se sentir « largué » ? Oui, certainement.

Je souhaite donc que cet ouvrage joue un rôle utile auprès de tous ceux qui éprouvent le désir, vague ou clairement formulé, d'accéder aux outils qui leur permettront d'apprendre, par eux-mêmes, ce que bon leur semblera.

Ce livre est organisé en deux grandes parties.

La première fournit brièvement quelques lignes directrices des connaissances sur le cerveau et ses fonctions.

Ces données, même si elles peuvent sembler parfois un peu rébarbatives, me paraissent indispensables à la bonne compréhension des diverses stratégies de pensée.

La deuxième partie, beaucoup plus importante, propose des stratégies spécifiques, sous forme d'applications très diverses, adaptables par chacun. Qu'on se rassure, il ne s'agit en aucun cas de « tests d'intelligence » ou autres « gymnastiques mentales » aux principes simplistes dont certains, hélas, exercent encore leurs ravages…

L'ambition de ce livre est de vous permettre, à votre rythme, seul ou à plusieurs (notamment en compagnie de vos enfants, élèves, étudiants ou amis…), d'acquérir une meilleure maîtrise de votre potentiel intellectuel et de surmonter ainsi un certain nombre de difficultés, aussi bien abstraites que matérielles, qui peuvent surgir à tout moment dans la vie pratique. Vous n'y trouverez aucune ligne de conduite mais quelques aides à utiliser dans le cheminement que vous aurez vous-même choisi.

Autrement dit, cet ouvrage propose à chacun d'apprendre à « réfléchir utile », ce qui lui permettra de parvenir à un meilleur épanouissement personnel.

Et peut-être, grâce à cela, à vivre « bien dans sa tête ».

Première partie

LE CERVEAU

1

LE CERVEAU, ORGANE DE LA COGNITION

Aspects généraux

Notre cerveau, qui ressemble schématiquement à une noix, est constitué d'un assemblage de plusieurs milliards de cellules nerveuses. Il comporte deux parties : l'hémisphère droit et l'hémisphère gauche, qui ne jouent pas rigoureusement le même rôle. Ceux-ci sont recouverts d'une pellicule de trois à cinq millimètres d'épaisseur formant une sorte d'écorce, d'où son nom de *cortex*.

Chaque hémisphère est divisé en quatre parties appelées *lobes*. Le cerveau comporte deux lobes frontaux, droit et gauche (derrière le front), deux lobes temporaux (au-dessus des tempes), deux lobes occipitaux (à l'arrière du crâne), enfin deux lobes pariétaux (au-dessus du crâne) *(figure A)* . Ces lobes cérébraux ont chacun un rôle précis mais, en même temps, échangent constamment des informations.

Les lobes cérébraux ont différentes fonctions, qu'on peut localiser dans des réseaux de connexions.

Comme tous les organismes vivants, le cerveau est composé de cellules. Certaines s'appellent les *neurones*, et sont au nombre de plusieurs milliards. Chacun d'eux possède un corps cellulaire et deux sortes de prolongements : des prolongements courts qui sont multiples et

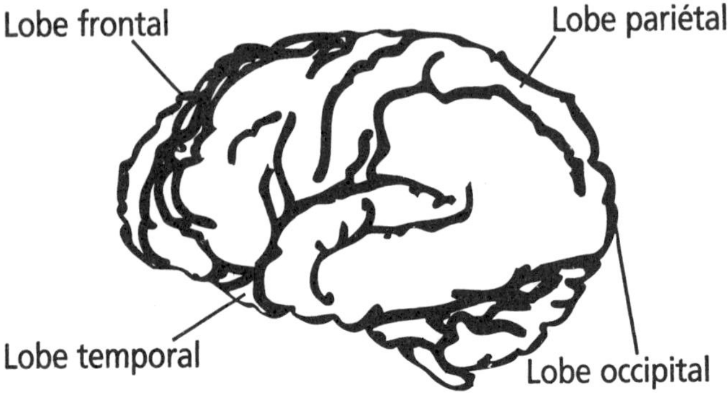

Figure A

ramifiés appelés *dendrites* et un prolongement plus long, appelé *axone*, qui se termine également par des ramifications.

Ces ramifications sont destinées à recevoir et à transmettre des stimulations physico-chimiques qu'on appelle *influx nerveux*. La zone de contact et de transmission de l'influx nerveux d'un neurone à l'autre s'appelle la *synapse (figure B)*.

Lorsque l'influx nerveux parvient dans les ramifications, il provoque la libération d'une substance chimique (appelée *neurotransmetteur* ou *neuromédiateur*) qui va permettre le passage de l'influx nerveux au neurone suivant, et ainsi de suite.

Ces milliards de neurones sont enchevêtrés, interconnectés, pour constituer des réseaux, eux-mêmes imbriqués dans d'autres réseaux. Chaque neurone étant en contact avec des milliers d'autres, il se produit des milliards d'interactions, assurant la communication entre les différentes parties du cerveau. Aucune de celles-ci ne fonctionne de façon totalement isolée.

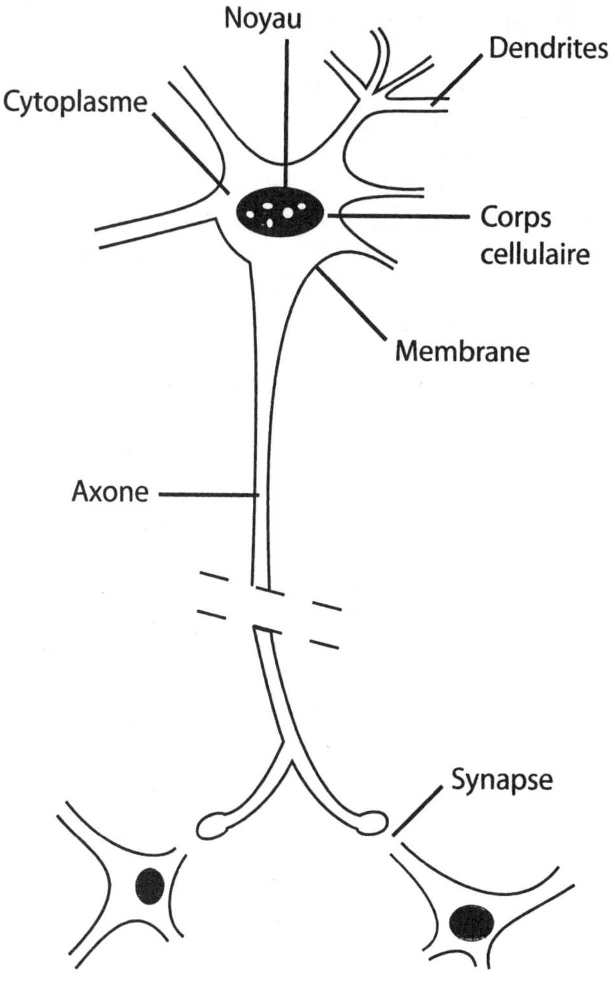
Noyau
Dendrites
Cytoplasme
Corps
cellulaire
Membrane
Axone
Synapse

Figure B

De l'utilisation du savoir

Certains considèrent que, de même qu'on peut très bien conduire une voiture sans forcément savoir comment elle fonctionne, de même est-il possible de raisonner tout en ignorant la façon dont notre cerveau procède, fût-ce de façon schématique, pour y parvenir.

Et il est vrai que pour développer notre vocabulaire, par exemple, il n'est pas nécessaire de savoir que les centres du langage sont localisés chez la plupart des personnes dans l'hémisphère gauche, et chez quelques gauchers dans l'hémisphère droit. En revanche, prendre conscience qu'on peut améliorer sa mémoire en pratiquant certaines opérations intellectuelles liées au fonctionnement cérébral (comme associer, sémantiser, classer, ordonner, organiser, etc.) est loin d'être inutile.

D'autres personnes, à l'opposé, pourraient être tentées d'imaginer que si l'on parvenait à tout comprendre du fonctionnement cérébral, on réglerait le problème des apprentissages : il suffirait de s'en inspirer directement.

Cette approche, que l'on pourrait qualifier de « scientiste », est chimérique. D'abord parce que si les technologies les plus sophistiquées nous permettent d'obtenir un nombre croissant d'informations sur l'anatomie du cerveau et la façon dont il fonctionne en tant qu'organe, en revanche, la manière dont il permet de comprendre et d'apprendre demeure encore bien énigmatique.

Et, en tout état de cause, même si l'on parvenait à identifier le « comment » du fonctionnement du cerveau — et nous en sommes encore fort loin —, la question ne serait pas résolue pour autant. En effet, apprendre ne dépend pas uniquement de l'organe cerveau.

Posséder un cerveau en bon état de marche est une condition nécessaire, certes, mais non suffisante. Tout le monde peut constater que, lorsque nous sommes motivés, notre attention est fortement mobilisée et nos facultés mentales mieux employées. On est donc intellectuellement beaucoup plus efficace. Au contraire, l'anxiété, le stress ou certaines conditions psycho-affectives négatives peuvent « parasiter » le fonctionnement cérébral. Il est des situations où l'on a même parfois l'impression que notre cerveau se « bloque ». C'est le trou de mémoire.

On sait aussi, de façon statistique, que les personnes de faible niveau socio-éducatif, celles qui ont le moins bénéficié d'un environnement culturel stimulant, sont souvent les plus vulnérables aux atteintes pathologiques. Le cerveau est un organe sensible. Réceptif à l'environnement et au « monde interne », il n'est pas immuable et peut se modifier dans sa structure et son fonctionnement. Il ne reçoit, modifie et restitue efficacement que lorsque les facteurs biologiques, cognitifs, psychologiques et sociaux se combinent de façon adaptée.

Entre ces deux points de vue extrêmes — ne tenir aucun compte de ce qu'on sait sur le fonctionnement cérébral et cognitif ou, inversement, vouloir élaborer une pédagogie idéale qui serait la reproduction du fonctionnement du cerveau — une place peut être faite au raisonnable.

Le raisonnable, c'est la prise de conscience que si l'on a beaucoup encore à apprendre sur le fonctionnement cérébral, les données que l'on possède actuellement permettent déjà d'en tirer des applications pédagogiques.

Ainsi, on sait que plus les réseaux de neurones sont sollicités de manière adaptée, c'est-à-dire de façon à répondre aux problèmes spécifiques qui se posent dans notre environnement, plus ils peuvent construire des connexions (les synapses) et, par conséquent, se modifier, ce qui retentit de façon positive sur le fonctionnement de nos outils de pensée. C'est ce qu'on appelle la *plasticité cérébrale*, que nous avons évoquée précédemment et dont nous aurons l'occasion de reparler.

Encore faut-il que cette éducation du cerveau et de son fonctionnement commence tôt et se poursuive tout au long de la vie. *Use it or lose it*, affirment un peu abruptement les Britanniques — « Utilisez-le ou perdez-le ». Nous y reviendrons.

L'appareil cognitif

L'être humain est équipé de différents appareils ou ensembles d'organes répondant à des fonctions précises. Les notions d'appareils cardiaque, respiratoire, locomoteur ou rénal sont largement répandues. Celle d'appareil cognitif l'est un peu moins. Or le cerveau est lui aussi un appareil, dans la mesure où il est constitué d'un ensemble de structures dont chacune exerce sa fonction spécifique, tout en dépendant plus ou moins directement des autres.

Cet appareil cognitif assure le « traitement » des informations. Ce terme définit toutes les opérations qui permettent de recevoir du monde environnant ou de notre monde interne des sons, des images, des impressions... de les coder et de les transformer en souvenirs, en savoirs, en comportements. Mais « traitement » désigne aussi le fait de puiser dans ses savoirs et de les utiliser de façon efficace.

De même que notre appareil locomoteur nous permet de marcher, courir, danser, notre appareil cognitif nous sert donc à comprendre, analyser, synthétiser, organiser, anticiper, planifier, mémoriser, exprimer... en un mot, à penser. Dans le langage courant, il nous arrive d'ailleurs d'utiliser le verbe « cogiter » pour signifier réfléchir, penser.

Les fonctions cognitives, qui révèlent les caractéristiques anatomiques, neurophysiologiques et neurobiologiques du cerveau, sont les indicateurs du fonctionnement cérébral, tout comme le tracé d'un électrocardiogramme est un indicateur du fonctionnement cardiaque. Pourtant, assez curieusement, bien des personnes qui trouvent parfaitement normal qu'on pratique un électrocardiogramme pour connaître l'état de leur cœur, par exemple, sont surprises de se voir proposer un examen de leur mémoire pour évaluer leur fonctionnement cérébral.

Définir les fonctions cognitives

De tout temps, philosophes et scientifiques ont cherché à comprendre la nature des relations entre la pensée et le cerveau. Leurs conceptions ont toujours été dépendantes de leurs méthodes d'investigation ou de leur approche philosophique.

Comme pour nos prédécesseurs, notre connaissance actuelle du fonctionnement cérébral dépend de nos outils d'étude. Dans les dernières décennies, chercheurs et cliniciens ont considérablement progressé dans ce domaine.

Bien que les difficultés techniques de la neuro-imagerie soient encore loin d'être résolues et que nos examens neuropsychologiques ne soient pas non plus fiables à cent pour cent, les progrès sont là. Les chercheurs et les cliniciens en neuropsychologie mettent au point et pratiquent des tests de plus en plus sophistiqués et spécifiques. Toute mise au point de l'un de ces tests demande des années de travail, car ils obéissent à des protocoles très complexes — l'âge, le sexe, le niveau socio-éducatif, l'état physique et psycho-affectif, l'environnement familial, la condition sociale, par exemple, sont pris en compte. Mais ces tests permettent maintenant de dépister et de mettre en lumière avec fiabilité un fonctionnement cérébral normal ou au contraire pathologique.

De leur côté, les ingénieurs en neurosciences, utilisant les applications du scanner, ont mis en œuvre des techniques très pointues d'électrophysiologie (mesure de l'activité électrique et magnétique du cerveau) et d'imagerie cérébrale telles que la tomographie par émission de positons et la résonance magnétique fonctionnelle.

La confrontation permanente des données que nous apportent d'un côté les tests et de l'autre l'imagerie cérébrale a fait progresser considérablement notre connaissance du fonctionnement du cerveau et émerger un ensemble de nouvelles disciplines : les neurosciences cognitives. Celles-ci nous instruisent, de façon de plus en plus précise, sur la nature des articulations entre l'organe cerveau et la cognition (processus d'acquisition et d'utilisation des connaissances). Si elles prennent en compte la globalisation indispensable, elles permettent en même temps de disséquer les divers composants de toute pensée, fût-elle la plus simple.

Si au cours d'un test de mémoire, je lis, par exemple, une petite liste de mots à une personne et lui demande de les apprendre, je sais très schématiquement que cette application, relevant de la mémoire et du langage, sollicitera différentes parties précises du cerveau. Car les mots ne sont pas « nus » : chacun porte en lui des images, des sons, des formes, des sentiments, des souvenirs, etc., lesquels mettront simultanément en action différents réseaux neuronaux.

Comment identifier la part de chacun de ces paramètres dans la performance globale de la personne — en l'occurrence l'apprentissage de la petite liste de mots ?

Disséquer la pensée

Grâce aux techniques d'imagerie, on est en mesure d'observer ce qui se passe dans le cerveau lorsqu'il travaille. Ces examens deviennent de plus en plus précis : les experts cherchent aujourd'hui à disséquer chacune des fonctions cognitives, c'est-à-dire à les décomposer en sous-fonctions, de plus en plus complexes. Par exemple, on sait que le concept général de « mémoire » recoupe en réalité *des* mémoires, et que chacune d'elles est constituée de sous-fonctions où interviennent encore attention, langage, intelligence, affectivité, etc.

Longtemps, les scientifiques ont considéré le cerveau comme un organe au fonctionnement mystérieux. Ainsi, jusqu'au XVIIIe siècle, le cœur était généralement défini comme le siège des sentiments, de la pensée... ou de la vertu, alors que le cerveau occupait une place beaucoup moins noble... De nos jours, dans les laboratoires de recherche, la fonction cognitive se matérialise, certains de ses aspects s'enregistrent, se quantifient. De leur côté, des tests neuropsychologiques permettent de mettre en évidence les déficits spécifiques aux lésions cérébrales.

À la suite d'un traumatisme crânien, par exemple, certaines personnes peuvent présenter une hémiplégie (paralysie d'un côté du corps) ou une aphasie (trouble du langage). La neuro-imagerie montre que des lésions altèrent des opérations mentales spécifiques, lésions qui peuvent aussi être détectées par des tests neuropsychologiques.

Mais alors qu'autrefois on désignait telle ou telle détérioration d'une zone cérébrale précise comme constituant la localisation du trouble constaté, on sait maintenant que cette relation n'est pas exclusive.

Par exemple, une atteinte dans une zone cérébrale peut entraîner, indirectement, et par répercussion, le dysfonctionnement d'une autre zone : la zone atteinte étant connectée à d'autres régions, il aura suffi d'une perturbation dans cette connexion pour entraîner les troubles constatés. La neuro-imagerie et la neuropsychologie montrent donc que les lésions altèrent des opérations mentales spécifiques, soit du fait de la lésion elle-même dans un territoire cérébral donné ou dans la déconnexion de plusieurs territoires, soit du fait des changements métaboliques qu'elle entraîne.

Ainsi, on peut présenter des troubles dits *frontaux* sans qu'apparaisse forcément une lésion des lobes frontaux. Il faudra donc rechercher ailleurs la source originelle de la pathologie. Pour cela, on entreprendra de visualiser l'activité des réseaux neuronaux pour déterminer les parties qui sont toujours actives et celles qui sont altérées. Mais bien imprudent celui qui prétendrait réussir à visualiser la totalité d'un réseau dont l'activation fait émerger des souvenirs.

Autrefois, c'était principalement l'examen des malades atteints de troubles cérébraux qui permettait d'avancer dans la connaissance et de mettre en évidence l'extrême hiérarchisation du fonctionnement cérébral.

Aujourd'hui, c'est aussi sur des sujets sains, appartenant à différentes tranches d'âge, que l'on pratique la dissection des activités mentales complexes en de multiples sous-activités élémentaires.

La confrontation des deux approches (neuroradiologique et neuropsychologique) constitue un indéniable progrès dans la connaissance du fonctionnement cérébral et cognitif.

En matière d'éducation, cette dissection des fonctions facilite la compréhension des opérations cognitives correspondant à tel ou tel apprentissage. Cette compréhension aura le mérite de nous faire progresser plus méthodiquement et plus efficacement. De même, la dissection des fonctions nous permet de savoir quelle opération cognitive nous devrons mettre en œuvre pour en optimiser une autre.

Ainsi se dégagent de nouvelles méthodes destinées à améliorer le « penser efficace ».

2

LA PLASTICITÉ CÉRÉBRALE

Par une belle journée d'été, un Écossais descend d'un train dans une petite gare, porteur de deux énormes valises. Sortant de la gare, il aperçoit un taxi, indique au chauffeur sa destination et demande quel sera le prix de la course. Lorsque celui-ci lui annonce le montant, notre voyageur, indigné, décide de faire la route à pied.

Il fait terriblement chaud, les valises pèsent des tonnes, mais notre Écossais poursuit obstinément sa marche. Cinquante mètres... cent mètres... Son calvaire semble ne pas avoir de fin et bientôt, épuisé, il s'assoit en nage sur ses bagages. C'est alors qu'il remarque le taxi, qui l'avait suivi à petite allure.

— Avec tout ce chemin que je viens d'accomplir, lance-t-il au chauffeur, vous allez me faire une réduction !

L'homme a un large sourire.

— Désolé, monsieur, mais ce sera plus cher au contraire : vous avez pris la mauvaise direction.

Cette petite histoire pourrait s'appliquer aux méthodes qui, considérant le cerveau comme un simple muscle, proposent d'améliorer ou de conserver les fonctions cognitives par des exercices répétés sans signification ni finalité précises. Or l'entraînement pour l'entraînement n'a aucun sens.

En revanche, faire appel à des stratégies spécifiques pour accéder à des finalités précises optimisera l'activité cognitive.

La stimulation et l'adaptation doivent donc aller de pair, de même que notre Écossais aurait dû faire l'effort de réfléchir et de s'organiser, à partir d'un plan, afin de prendre la bonne direction en gagnant en temps et en efficacité.

La pertinence de cette double approche peut se vérifier dans de nombreux domaines.

Modifications des structures

L'étude histologique post mortem du cerveau d'un musicien ayant longtemps exercé son art montre des particularités dans les zones spécifiques de la musique, une plus grande densité neuronale, par exemple, qu'on ne retrouvera pas chez un non-musicien.

Ce qui est vrai pour la musique l'est également pour les mathématiques ou plus généralement pour toute activité nécessitant la mise en œuvre répétée et adaptée de fonctions cognitives particulières. Ainsi l'apprentissage du braille par les malvoyants donne-t-il lieu à des modifications dans la structure et l'organisation de leur cerveau, notamment dans les zones cérébrales spécifiques du toucher, les distinguant ainsi des voyants.

Après un traumatisme crânien ou un accident vasculaire cérébral, on peut aussi observer, lors de cette phase que nous appelons la « récupération », l'apparition de phénomènes de réorganisation neuronale dans certaines zones du cerveau. L'ensemble de ces phénomènes illustre ce que les experts définissent, rappelons-le, par le concept de *neuroplasticité* ou *plasticité cérébrale*, pour désigner la capacité du cerveau de se modifier dans sa structure et son fonctionnement sous l'effet de facteurs génétiques et épigénétiques (c'est-à-dire liés à l'environnement).

Ce concept de plasticité cérébrale n'est pas récent. Depuis longtemps, de nombreux travaux ont montré l'influence de l'environnement sur le cerveau et les comportements. Plus récemment, cependant, les généticiens ont commencé à décrypter le génome (l'ensemble des gènes des chromosomes) en cherchant, pour ce qui nous concerne ici, à identifier l'influence du programme génétique sur les apprentissages ou la maladie. Il apparaît de façon évidente que certains de ces apprentissages ou de ces désapprentissages (dus à des maladies particulières) sont programmés.

Il existerait donc, dans quelques domaines, ce qu'on pourrait appeler une « pré-science ». Par exemple, tous les enfants du monde commencent par dessiner des ronds vers l'âge de deux ans, puis des carrés, ensuite des losanges et, vers dix-douze ans, des cubes.

Mais pour donner sa pleine mesure, ce patrimoine génétique a besoin, à des époques précises de la vie, de stimulations issues de l'environnement physique, psychologique et social. Ainsi, si l'apprentissage du langage n'a pas été effectué pendant la petite enfance et perfectionné jusqu'à l'adolescence, les centres nerveux impliqués dans cette fonction n'ayant pas été « exploités » en temps opportun, la personne ne pourra s'exprimer normalement par la suite. Mais ce qui est valable pour ce type d'apprentissage ne l'est pas pour tous : on peut apprendre très tardivement l'utilisation d'un ordinateur, par exemple. On peut aussi avoir appris à faire du vélo dans sa jeunesse, cesser d'en pratiquer pendant de longues années, et être pourtant capable d'en refaire sans avoir à réapprendre pour cela. Il existe des règles spécifiques à chaque type d'apprentissage.

Les comportements cognitifs sont donc les résultantes des influences croisées du patrimoine génétique et des facteurs environnementaux, autrement dit de la rencontre de l'inné et de l'acquis.

Notons que la programmation génétique des apprentissages peut elle-même se modifier dans sa structure, sous l'influence de facteurs moléculaires déclenchés par l'environnement. Tout cela participe de la plasticité cérébrale, qui est naturellement beaucoup plus importante chez un cerveau jeune que chez un cerveau âgé.

Nous avons vu précédemment que les différentes régions du cerveau communiquent par l'intermédiaire de milliards de neurones. Ceux-ci étant susceptibles d'agir les uns sur les autres grâce à leurs contacts au niveau des synapses (*figure B*, p. 23), on considère que les apprentissages correspondent à la formation de nouvelles synapses entre différentes populations neuronales, en provenance de différentes régions corticales, ayant chacune intégré les aspects spécifiques des informations à traiter. Les connexions synaptiques ainsi créées seront renforcées ou éliminées en fonction non seulement de leur adaptation aux besoins de l'environnement mais aussi en fonction de leur activité, ceci renforçant cela. *Use it or lose it*, là encore, mais insistons sur le fait qu'une activité non adaptée est à la fois insensée et inutile — souvenons-nous du malheureux Écossais en nage et en déroute...

Comment expliquer cet accroissement des synapses quand les neurones sont fréquemment sollicités ? Le cerveau, comme n'importe quel organe qui travaille, consomme de l'énergie. Plus les neurones sont sollicités pour les tâches les plus diverses, plus leurs réseaux sont actifs en termes d'échanges physico-chimiques. Plus ils sont actifs, plus ils ont la chance non seulement de le demeurer, mais également d'accroître leurs arborisations dendritiques et leur efficacité synaptique. Un cerveau peu actif est un cerveau qui a perdu des neurones, mais surtout qui a perdu des connexions synaptiques.

Certes, les stimulations diversifiées et adaptées ne multiplient pas les neurones, mais elles développent leurs connexions synaptiques et, donc, leur capacité à communiquer. La comparaison — volontairement simplifiée — avec une plante peut faciliter la compréhension de ce phénomène. Si vous en prenez soin convenablement (arrosage régulier, bonne exposition à la lumière, etc.), vous n'obtiendrez pas deux, trois ou quatre plantes : ce sera toujours la même, mais plus touffue. Encore faudra-t-il ne pas se borner à un soin limité : une plante bien exposée mais trop peu arrosée ne se développera pas.

Une personne passant ses journées à apprendre par cœur l'annuaire mémorisera des centaines de milliers de noms... mais ne développera pas pour autant son intelligence.

Si une stimulation adaptée est pratiquée précocement et régulièrement, elle entraîne un accroissement progressif des connexions synaptiques et une augmentation de la densité des cellules gliales (autres cellules du système nerveux qui constituent la « glie » et interagissent avec les neurones), pour ne citer que quelques aspects parmi les plus étudiés.

Les neuropsychologues en ont déduit que la sollicitation intelligente de l'appareil cognitif, pratiquée précocement et régulièrement tout au long de l'existence, joue une part non négligeable dans le développement cérébral. Toute stimulation cognitive adaptée amplifie donc les échanges neuronaux, d'un point de vue aussi bien quantitatif que qualitatif. Quantitatif par une mobilisation accrue des cellules nerveuses, qualitatif par une capacité spécifique à traiter une information précise. Parallèlement à cette approche et la confirmant, les neuropsychologues ont aussi démontré, dans le domaine des performances aux tests, l'influence du niveau socio-éducatif et des acquis dus aux expériences personnelles.

Un autre regard

On a longtemps considéré que le cerveau et les fonctions cognitives se développaient jusqu'à l'âge de vingt-vingt-cinq ans, que ces fonctions se maintenaient « en plateau » jusqu'à environ quarante ans, puis déclinaient régulièrement avec le temps, de façon linéaire.

On sait aujourd'hui à quel point ce schéma était réducteur.

D'abondants travaux dans le domaine des tests ont mis en lumière ce qui, certes, décline avec l'âge, mais aussi ce qui résiste, voire s'améliore avec le temps. Ils ont démontré qu'il n'existe pas de parcours type, car les capacités cognitives des sujets se modifient de façon très diverse avec l'âge, mais aussi se différencient en fonction du niveau culturel, des motivations, de la nature des tâches accomplies et du degré de compétence dans le domaine étudié.

Il existe donc d'importantes différences entre les individus et même chez un seul individu, en fonction de telle ou telle activité. Les apprentissages les plus susceptibles d'être préservés au cours du vieillissement normal seraient ceux qui ont été les plus adaptés et donc répétés. Ce sont les plus consolidés, les plus résistants au déclin physiologique, c'est-à-dire lié au vieillissement normal.

Il est étonnant de constater que cette résistance concerne aussi le domaine de la pathologie. Un comptable atteint de la maladie d'Alzheimer a des chances de mieux compter qu'un sujet sain qui n'a jamais exercé cette pratique, au moins de façon organisée et continue. Le terme de « résistance » doit être compris ici dans le sens de la mise en œuvre de systèmes de compensation qui assurent notre capacité de réserve cognitive. Chez les malades, ces systèmes de compensation peuvent masquer certains troubles, retarder leur apparition ou atténuer leur intensité.

Il est donc raisonnable de penser qu'un cerveau éduqué dans une discipline précise ou dans un domaine donné possédera davantage de moyens de compensation dans ces champs de compétence qu'un cerveau inéduqué. Une personne disposant d'un vocabulaire assez riche bénéficiera de plus de moyens pour résoudre une difficulté, par exemple lorsque le mot recherché ne viendra pas à sa mémoire, car elle saura faire appel à un synonyme. Tâche plus difficile pour celui dont le vocabulaire est pauvre et qui aura tendance à dire « truc », « machin » ou « chose » pour se tirer d'affaire.

Donc, pour qu'il y ait *résurgence* des connaissances et utilisation de celles-ci, encore faut-il qu'il y ait eu auparavant *occurrence*, c'est-à-dire acquisition de ces connaissances dans les meilleures conditions.

On comprend mieux, dès lors, l'importance des travaux de recherche portant sur l'influence des stimulations intellectuelles, affectives et psychosociales sur les capacités de compensation face au vieillissement normal ou aux maladies cérébrales.

L'étude des stratégies cognitives, destinées à développer et à optimiser les capacités de compensation, suscite de ce fait un intérêt croissant.

Les répercussions pédagogiques

Les chercheurs en neurobiologie et neuropsychologie ne se bornent pas à fournir des explications sur le fonctionnement cérébral. Leurs travaux entraînent de nombreuses répercussions dans le domaine de la pédagogie : l'usage de la répétition adaptée et de l'imagerie mentale, l'apprentissage des stratégies cognitives en général, des stratégies associatives en particulier.

La répétition adaptée et la simulation

Le concept de répétition est capital. Répéter ce qu'on désire retenir contribue à le mémoriser. Nous avons tous le souvenir de nos efforts de mémoire, quand nous étions enfants, pour apprendre les tables de multiplication. Nous les avons répétées si souvent qu'en ce qui les concerne, notre mémoire est devenue automatique : lorsqu'on nous demande combien font deux fois quatre, nous n'avons pas à nous livrer à une recherche intellectuelle, la réponse vient d'elle-même. Une telle rapidité nous laisse du temps pour réfléchir à autre chose, plus profondément et plus librement.

En conduisant notre voiture, nous passons les vitesses sans même y réfléchir, ce qui permet à notre attention de se porter avec plus d'acuité sur la circulation. Le pianiste, qui fait des gammes pour exercer l'agilité de ses doigts ou qui répète systématiquement ses partitions, se libère d'une contrainte psychomotrice pour mieux focaliser son énergie sur l'expression de ses émotions le soir du concert. Le joueur de tennis qui s'entraîne face au mur, répétant inlassablement les mêmes séquences de gestes pour parvenir à enregistrer la coordination physique la plus efficace, pourra, lors de son match, se concentrer sur l'analyse du jeu de son adversaire, réfléchir à sa propre tactique, etc. Il en est de même pour la lecture : plus nous lisons, plus nous renforçons la signification des mots, plus nous sommes capables de le faire vite en nous concentrant sur le sens du texte, sans buter sur des termes inconnus ou peu familiers.

Autant d'exemples d'acquisitions d'automatismes libérateurs qui montrent que nos connaissances et notre savoir-faire seront d'autant plus facilement restitués qu'ils auront été répétés à bon escient.

Certes, la répétition en soi ne saurait être considérée comme fondamentale — le cerveau, soulignons-le, n'est pas un muscle qu'il faudrait entretenir par des exercices — mais faire totalement abstraction de la répétition serait se priver d'un apport capital, indispensable à certains types d'apprentissage.

Bien évidemment, certaines tâches intellectuelles ne se prêtent pas à la répétition. De même, nous avons tous le sentiment d'être capables de mémoriser certains types d'informations sans forcément répéter — et, inversement, de répéter sans forcément pouvoir mémoriser. Nous développerons dans la seconde partie de cet ouvrage l'importance, dans la mémorisation et dans l'efficacité intellectuelle en général, des stratégies d'*organisation* et de *sémantisation* des informations.

Nous savons également que les réseaux neuronaux qui sont réactivés lors des restitutions d'informations *(résurgences)* sont ceux qui ont été activés antérieurement *(occurrences)*.

Les skieurs ou les coureurs automobiles, par exemple, lors d'une épreuve, activent les mêmes réseaux neuronaux que ceux qui ont été sollicités lors de leurs apprentissages. Lorsqu'ils se lancent sur leur parcours, ils se représentent mentalement le trajet qu'ils ont déjà visualisé ou ont déjà parcouru à l'entraînement, ayant « imprimé dans leur tête » un ensemble de gestes à effectuer à des moments et à des endroits précis. Cette *imagerie mentale* sera elle aussi développée dans la seconde partie de cet ouvrage.

Les stratégies associatives

Savoir que le cerveau est organisé en réseaux de réseaux neuronaux permet de comprendre qu'une information isolée est plus difficile à mémoriser qu'une information intégrée à d'autres informations. La représentation mentale d'un objet est générée à partir de plusieurs réseaux de neurones, connectés entre eux. Chacun de ces réseaux est responsable du traitement d'un élément particulier de cet objet : sa couleur, sa forme, sa taille, son utilité, son nom, ou encore ce qu'il évoque en nous d'agréable ou de désagréable.

L'utilisation des stratégies associatives (créations d'associations, combinaisons de stratégies), multipliant les entrées dans les réseaux neuronaux, multiplie aussi les chances d'accès aux souvenirs. Dans notre exemple, si le critère « forme » ne réactive pas le souvenir, le critère « couleur » peut tenir ce rôle. Les apprentissages doivent donc être multiréférencés. Ainsi, mémoriser un schéma est plus efficace si celui-ci est accompagné d'une légende que s'il en est privé. Ce mode de fonctionnement comporte toutefois des limites : les oublis proviennent plus souvent des interférences entre les informations que de la détérioration de celles-ci. Nous verrons dans la seconde partie de cet ouvrage quelques stratégies de contrôle de ces interférences.

La stimulation permanente

On désigne sous le nom de *mémoire de travail* le stockage temporaire d'informations et leur manipulation mentale, effectués tout en exécutant des tâches cognitives. C'est la mémoire de travail qui nous permet d'accomplir simultanément plusieurs actes sans erreur. Par exemple, on peut rechercher la solution d'un problème tout en fouillant dans le réfrigérateur pour assouvir notre faim ou encore en laçant nos chaussures...

La mémoire de travail fait partie, avec les facultés d'attention, de concentration et de vitesse de traitement, de ce qu'on appelle les *ressources de traitement*. Celles-ci déclinent normalement avec l'âge. Notre expérience des tests montre qu'à niveaux culturels équivalents — pour autant qu'on puisse établir une équivalence entre des savoirs appartenant à des générations différentes — les adultes jeunes se montrent plus performants que les adultes âgés sur bon nombre de tâches cognitives.

Mais il faut ajouter que si, avec l'âge, nous perdons indéniablement certaines capacités intellectuelles, nous pouvons aussi en gagner. La sagesse, la maturité, l'expérience, qui s'acquièrent généralement avec le temps, nous permettent d'évaluer avec plus d'acuité une situation en tirant la leçon de nos expériences antérieures. Une personne plus jeune, en revanche, aura à vivre cette situation dans la durée, avant d'acquérir, éventuellement, le comportement qui lui permettra de la résoudre si elle se présente de nouveau. Le vocabulaire, notamment, peut gagner en richesse et précision, à condition bien entendu de le nourrir par la lecture ou l'écriture.

La retraite professionnelle ne doit pas, bien entendu, entraîner une retraite intellectuelle. Au cours d'une conférence, le Pr Baulieu proposait avec juste raison : « Mettons la retraite à la retraite. » L'octogénaire qui lit quotidiennement son journal le fera plus vite qu'une personne plus jeune peu intéressée à la lecture. On mesure ici à quel point une pratique intellectuelle régulière et intelligente peut contrebalancer, dans certains domaines, les effets de l'âge. Certes, cela ne préserve pas des atteintes cérébrales, mais concourt à l'établissement de ce que les neuropsychologues appellent la « réserve cognitive ».

Prenons, par exemple, deux personnes d'un âge avancé atteintes d'une même maladie cérébrale : celle qui aura régulièrement et avec discernement fait usage de ses fonctions cognitives aura davantage de chances de développer des stratégies de compensation qui lui permettront de résister plus longtemps que l'autre. Pour prendre une image simple, disons qu'elle puisera dans un stock cognitif plus fourni et mieux organisé, ainsi pourra-t-elle l'« écouler » sur une période plus longue...

Ces constats justifient amplement la conception d'une éducation et d'une stimulation cognitives destinées à tous les âges, sous forme de programmes d'acquisition de stratégies cognitives. Ces stratégies ont, entre autres, pour fonction de faciliter l'acquisition des programmes scolaires et des formations professionnelles. Elles facilitent aussi notre vie quotidienne, nous préparent à l'adaptabilité. Celle-ci doit s'apprendre précocement, se cultiver.

Outre cette fonction d'amélioration de la cognition, les stratégies que nous proposons dans cet ouvrage abordent des aspects psychologiques portant sur la sensibilisation à la curiosité intellectuelle et à l'autodynamisation des motivations, lesquelles doivent aussi être entretenues de façon permanente.

Comment stimuler ?

La réponse à cette question diffère évidemment en fonction de l'âge. Sourire à un bébé, lui parler avec douceur, jouer à lui cacher des objets et à les faire réapparaître, voici quelques exemples de stimulation durant la prime enfance. Les parents découvrent assez naturellement comment manifester amour et tendresse à leur enfant, et comment l'accompagner dans l'apprentissage de son autonomie.

Plus tard, pratiquer des jeux de société (par exemple trouver un maximum de métiers, de prénoms, de mots, etc. commençant par une lettre donnée), disputer des parties de Scrabble, de belote, jouer à la marelle, au foot ou aux gendarmes et voleurs, voici autant d'excellentes possibilités de stimulation dans le divertissement.

À l'école, une place importante est dévolue, sous forme de jeux ou d'exercices adaptés à l'âge, au développement psychomoteur, afin de stimuler dans un premier temps l'intelligence sensori-motrice, puis l'intelligence concrète, formelle et sociale. Tous les exercices moteurs et, d'une façon générale, tout ce qui sollicite le mouvement jouent un rôle fondamental dans les constructions mentales des enfants et des adolescents. Leurs activités motrices sont des indicateurs de leur fonctionnement cognitif, dans la mesure où elles nécessitent une planification et un contrôle du mouvement (il en sera de même d'ailleurs plus tard, pour le bricolage ou le jardinage, par exemple). Mettre en œuvre ces activités constitue donc une excellente stimulation cognitive. De nombreux psychologues ont déjà abondamment traité ce sujet, mis en pratique par les instituteurs, les professeurs d'éducation physique et les enseignants en général.

Et pourtant, certains parents en sont encore à considérer que les heures de jeu ou de sport pratiqués pendant la scolarité sont du temps perdu...

Au cours de l'adolescence et des premières années de l'âge adulte, comment poursuivre cette éducation et cette stimulation dans la vie professionnelle, familiale et sociale ? On ne peut le faire que de son propre gré. Il ne saurait d'ailleurs y avoir de marche à suivre unique, applicable à tout individu, ce qui conduirait à un certain fanatisme idéologique, aux antipodes de la philosophie de ce livre. Nous sommes tous des êtres uniques, détenteurs d'un moi singulier. Si nous avons tous appris à lire au cours de notre enfance, nous lisons ce que bon nous semble à l'âge adulte.

La nécessité d'une éducation et d'une stimulation précoces et permanentes étant admise, il incombe aux neuropsychologues de montrer en quoi écouter, communiquer, lire, bricoler, jardiner, réfléchir, mémoriser, etc. concourent à l'optimisation du potentiel cognitif, à une meilleure adaptation à l'environnement et, partant, à un épanouissement personnel et social.

Il est donc utile d'acquérir les moyens qui permettront de mieux organiser l'appareil cognitif et de pallier ses faiblesses, afin qu'il puisse développer son potentiel. C'est vers ce but que tendent les stratégies et leurs applications contenues dans la deuxième partie de cet ouvrage.

Deuxième partie

LES STRATÉGIES COGNITIVES

3

QU'APPELLE-T-ON LES STRATÉGIES COGNITIVES ?

Face à une difficulté quelconque, on peut définir le comportement intelligent comme la capacité de chacun à puiser dans son stock mental plusieurs stratégies cognitives, de les combiner et de les adapter à la situation. Le Petit Poucet, qui, pour retrouver son chemin, jalonne son parcours de cailloux, pratique, sans le savoir, une stratégie de construction de repères et de visualisation — en l'espèce, l'*indiçage* — mais combinée à une autre qui procède de l'anticipation, en vue de la mémorisation d'un fait à venir : il avait imaginé qu'il aurait à retrouver son chemin, sinon il n'aurait pas semé ses cailloux. Et pour prévoir et organiser son retour, il lui fallait une motivation importante : survivre face à l'ogre.

On peut donc définir toute stratégie cognitive comme un ensemble d'opérations mentales spécifiques, destinées à résoudre un problème donné — par exemple, dans la vie courante, retrouver ses clés ou son chemin. L'exemple du Petit Poucet — mais il en serait de même du fil d'Ariane — nous montre à quel point l'application des stratégies cognitives contribue à l'acquisition d'une plus grande autonomie psychologique et sociale et peut également intervenir dans l'épanouissement de chacun. À chaque acte de notre vie, notre intellect s'emploie —

parfois très vite, dans l'urgence — à combiner diverses stratégies. Les situations auxquelles nous faisons face au quotidien sont extrêmement complexes — et il n'existe aucun catalogue de stratégies prêtes à l'emploi...

Par souci de rendre les choses plus compréhensibles et donc mieux utilisables, nous avons séparé et classé les diverses stratégies que nous considérons comme fondamentales.

Aucune n'est, par nature, plus importante qu'une autre, même si les choix personnels, le goût de chacun ou la nécessité conduisent à en privilégier certaines, passagèrement ou de façon plus régulière. Pour autant, il serait préjudiciable de se priver du précieux point d'appui qu'elles constituent dans leur ensemble. Car les stratégies cognitives, si elles tendent à améliorer l'intellect de chacun et conduisent de ce fait à un certain épanouissement personnel, n'auraient guère de sens si chacune était mise en œuvre isolément.

Une combinaison efficace de stratégies ne suffit pourtant pas à régler tous les problèmes qui se présentent dans notre vie.

La maîtrise des stratégies cognitives sans la maîtrise des émotions, des passions, des affects ni le respect des règles sociales peut conduire à la barbarie. Les grands criminels qu'a connus l'humanité n'étaient pas des analphabètes. Aujourd'hui encore, les tueries de toutes sortes ne sont pas forcément perpétrées par les plus simples d'esprit...

Le contexte psycho-affectif

Un enfant va lire si vous le lui apprenez, certes, mais aussi si vous lui avez donné l'envie de lire, lui avez montré l'intérêt de la chose, si vous lisez vous-même, discutez avec lui du contenu de ses lectures : ce sont là des facteurs psychosociaux importants. Ils interviennent aussi lors de la découverte du maniement de l'ordinateur.

Ils sont loin d'être les seuls. Je connais des personnes qui sont capables de faire un plan, une analyse, une synthèse, de raisonner, qui maîtrisent les stratégies cognitives mais sont à ce point parasitées par le stress ou leurs problèmes affectifs qu'elles perdent facilement toute confiance en elles et accumulent les échecs, aussi bien personnels que professionnels.

On en vient donc à penser que, pour être efficace, il faut souvent s'efforcer de maîtriser à la fois les paramètres cognitifs et psycho-affectifs. Il serait bien entendu naïf, présomptueux et illusoire de penser donner de la confiance par l'entremise d'un ouvrage ! Mais il me paraît important de souligner que la curiosité, l'intérêt pour les autres, l'oubli passager de ses petits problèmes pour songer à ceux de sa collectivité et, plus généralement, à ceux du monde, me paraissent contribuer à améliorer le lien indispensable qui doit se tisser entre ce qui concerne le cognitif et ce qui relève de la psychosociologie.

C'est dans cet esprit qu'ont été conçues ces deux premières applications que j'appelle le « carnet de bord » et la « revue de presse », tenus par vous-même et destinés à accompagner les diverses applications qui vous seront proposées dans la suite de l'ouvrage.

Le carnet de bord

Le carnet de bord est un arrêt sur soi. Il vous permet de faire le point sur vous-même, sur ce qui concerne à la fois le cognitif et le psychique.

Il s'agit de vous interroger sur la façon dont vous réagissez face à telle ou telle situation de la vie quotidienne ou dans les applications qui sont proposées dans ce livre, de noter vos observations, les critiques de vos réponses, voire de les comparer à celles d'une autre personne.

Vous saurez assez rapidement dans quel domaine vous êtes le plus — ou le moins — efficace, vous pourrez noter vos difficultés, constater de quelle façon vous progressez, etc. Voilà qui vous donnera du recul et jouera un rôle de pédagogie personnelle non négligeable.

Vous pourrez aussi vous poser des questions sur vous-même, avec un esprit critique et le plus d'objectivité possible (par exemple en imaginant les réactions des uns ou des autres à votre comportement, ou ce que vous diriez de vous-même). Vous pouvez vous interroger sur vos projets (vacances, argent, famille, profession, etc.) et établir une hiérarchie de vos besoins — à quel moment tel ou tel de ces projets devient plus important que les autres ou, au contraire, occupe une position subalterne. Vous pouvez aussi mettre en lumière votre comportement présent, votre passé ou vos relations actuelles avec votre travail, vos proches, vos collègues ou vos amis. Là encore sera établie une sorte de hiérarchie de vos valeurs.

Un travail sur l'éducation n'aurait pas vraiment de sens si on négligeait cette interrogation sur soi-même. Une des clés du bien-être est l'*adaptabilité*, c'est-à-dire la capacité de s'adapter au changement — et aussi celle de produire du changement, qui en découle. Or seul ce travail intérieur, cette introspection, permet de procéder à cette prise de conscience.

Savoir faire le deuil de la jeunesse, de la santé, de la vie professionnelle ou de la richesse, tout cela se prépare, s'éduque, se cultive et requiert donc à la fois une connaissance de soi sur soi et un souci de l'autre. Il faut apprendre à renoncer à certains plaisirs pour en découvrir de nouveaux, bâtir des projets, alimenter une argumentation et une contre-argumentation, faire des concessions pour mieux communiquer ou, encore, savoir douter pour éviter tout dogmatisme. Bien vieillir, c'est établir un compromis entre renoncer et conquérir. Il existe des « vieux vieux » mais aussi des « jeunes déjà vieux », fanés sur pied...

Le carnet de bord, on le voit, joue un rôle de tuteur, de conducteur, de constructeur aussi. Souvent, le fait même de s'arrêter sur soi, d'écrire une réflexion, un simple mot ou de s'adresser à un ami, voire à un inconnu, contribue à un renforcement de la prise de conscience de soi.

Un cousin du carnet de bord pourrait être constitué par ce que j'appelle une « bulle thérapeutique ». Dans ce monde où l'on s'agite en permanence, il est salutaire de prévoir, de temps à autre, de petits moments pour « buller », faire le vide dans sa tête, ne penser à rien, regarder passer les nuages... Cela calme l'anxiété, fait tomber la pression et le stress, permet de mieux se préparer à la réalisation de ses projets.

Cet « arrêt sur soi » que constitue le carnet de bord peut aussi s'enrichir de quelques apports précieux. Ainsi, le cerveau, qui est un organe comme les autres, génétiquement programmé, a besoin d'être convenablement nourri pour que ses cellules se construisent et fonctionnent au mieux. L'alimentation la plus efficace doit obéir à un maître mot : la variété. Hélas, certaines personnes vivent, dans le domaine de l'alimentation comme dans bien d'autres, sous le règne de la standardisation et de l'appauvrissement. S'il y a excès de certains aliments riches en matières grasses, en sucre ou sel, qui dominent le marché, on peut aussi constater la raréfaction ou la disparition de certains autres, pourtant indispensables à la bonne marche du cerveau.

Ces dysfonctionnements alimentaires se traduisent par des carences ou des excès qui provoquent une altération de la structure et de la fonction cérébrales. C'est pourquoi la pratique de la diététique et l'éducation au goût, qui permettent l'accès à une large gamme de nutriments indispensables, sont plus que jamais capitaux.

Ainsi, pourrait-on dire que non seulement qui mange bien se porte bien, mais qui mange mieux pense mieux... Il en est de même pour les bienfaits que procure une activité physique régulière (s'efforcer d'emprunter l'escalier plutôt que l'ascenseur, s'imposer de marcher quotidiennement, ou encore, de temps à autre, respirer profondément). Le tout concourt à ce qu'on appelle une bonne hygiène de vie.

La revue de presse

La revue de presse, c'est l'ouverture au monde.

Chacun peut comprendre qu'il est indispensable de s'intéresser à ce qui se passe autour de soi : le droit de savoir implique aussi un devoir de savoir. Il nous est arrivé à tous de rencontrer des personnes, jeunes ou âgées, qui pendant des heures parlent de leur cor au pied en ignorant tout des faits marquants de l'actualité. Ces personnes sont atteintes d'un nombrilisme aigu qui les isole souvent du reste de l'univers.

Pour combattre et vaincre ce travers, qui nous guette tous, il est indispensable de lire des journaux ou des livres, d'écouter la radio ou de regarder certaines émissions de télévision, en notant au besoin ses observations et ses critiques. C'est de cette façon que s'enrichit notre stock de connaissances — car si l'on définit l'intelligence comme la manipulation adaptée des connaissances, encore faut-il d'abord que ces connaissances existent.

Cette ouverture au monde, qui enrichit notre curiosité et notre esprit critique, constitue un puissant antidote à l'égocentrisme car elle facilite la communication, la participation aux conversations et discussions sur les thèmes d'actualité, qui elles-mêmes, par retour, nous enrichissent l'esprit et participent d'un meilleur équilibre psychologique.

Au moment où vous parcourez ces lignes, je vous propose de répondre aux questions suivantes :

— Quels sont les faits marquants de l'actualité (politique, économique, sociale, sportive...) qui sont en train de se dérouler, sur le plan international, national, régional ou local ?

— Pouvez-vous situer mentalement l'actualité internationale sur une mappemonde ou un globe ?

— Êtes-vous capable de citer un certain nombre de faits marquants de l'année 1989 — ou de toute autre année que vous aurez choisie ?

Cette révision mentale dans le temps et l'espace renforce les repères chronologiques et spatiaux et la mémoire sémantique.

Les cinq doigts de la main

Ce qui freine souvent l'enrichissement de nos connaissances, c'est le fait que notre mémoire est souvent infidèle, autrement dit, pour diverses raisons, elle ne nous fournit pas les éléments qu'on lui demande au moment précis où on en a besoin. Autrefois, on employait souvent l'expression « l'esprit d'escalier ». Il était le propre des personnes qui, discutant avec des amis, par exemple, ne parvenaient pas à trouver la réplique ou l'argument convenable, qui ne venait à leur esprit qu'au moment où, la soirée terminée, elles descendaient l'escalier...

Si vous voulez que les applications proposées dans ce livre soient efficaces, comme toutes font appel non seulement à des opérations intellectuelles et verbales mais aussi à différents types de mémoire, il paraît important que vous soyez en mesure de bien utiliser tous ces outils. En particulier, une mauvaise mémoire amoindrit et perturbe souvent le fonctionnement de la pensée elle-même.

Aussi, lorsqu'on ne se souvient pas de quelque chose ou de quelqu'un, au lieu de pester contre sa mauvaise mémoire ou de passer à autre chose en évitant de s'interroger, mieux vaut se poser cinq questions, que je considère comme fondamentales pour l'amélioration de la mémoire. Grâce à elles vous pourrez constater que la mémoire n'est pas toujours la seule responsable à part entière... des trous de mémoire.

Ces cinq questions permettront à la fois de faire son autocritique, de relativiser son manque de mémoire, de dédramatiser, de se déculpabiliser en partie et, donc, de voir plus clair en soi. Elles ne sont pas isolées mais fonctionnent comme les cinq doigts de la main.

Ces questions, qu'on peut faire figurer dans le carnet de bord, sont à utiliser toutes les fois où l'on se trouve « en panne », en proie à un trou de mémoire.

1. Est-ce que j'ai bien vu, bien entendu ?

Je suis en voiture, je passe devant un magasin et découvre un article qui me plaît, je continue ma route, j'ai d'autres préoccupations puis je me dis, quelque temps plus tard : « J'ai vu ça quelque part, mais où ? » En fait je ne l'ai pas bien vu, je l'ai vu sans le voir. Je l'ai vu, mais mal.

Autre question, mais dans le même domaine : *Est-ce que j'ai bien entendu* ? On assiste à une conférence, il y a une foule, on entend mal l'orateur, on est dans le fond de la salle de conférences. La mémorisation sera moins bonne.

2. Est-ce que ça m'intéresse

Ou encore : *Est-ce utile pour moi ?*

Lorsqu'on se trouve en présence d'une information qu'on juge inutile, qu'on estime ne pas nous concerner, on « zappe » inconsciemment dans sa tête, même si cette information est répétée. En revanche, on « tilte » quand l'information nous intéresse, nous concerne directement ou nous est utile.

C'est le cas lorsqu'on écoute distraitement une émission de radio dans sa voiture... jusqu'au moment où l'on annonce des embouteillages sur la route qu'on se destine à emprunter. Instantanément, nous nous « branchons » sur cette information, qui s'inscrit dans notre mémoire.

3. Dans quel état psychologique suis-je (ou étais-je) ?

Au moment où quelqu'un me parle, je suis perturbé par un problème financier, professionnel, de cœur ou de santé, etc. Je ne suis pas dans un climat psycho-affectif de bonne réception. J'ai « la tête ailleurs ».

Le message qu'on m'a délivré peut être parasité à plusieurs moments : celui où je le reçois *(occurrence)*, celui où je devrai le restituer *(résurgence)* et dans l'intervalle qui sépare ces deux opérations. Il existe aussi des blocages a priori : certaines personnes, persuadées qu'elles sont « nulles en math », refusent volontairement ou inconsciemment la teneur même du message qu'elles reçoivent, même le plus simple, s'il paraît lié aux mathématiques. Quelquefois, la signification du message est tellement déplaisante ou dérangeante qu'on « fait la sourde oreille ». Ou encore, la personne qui a délivré telle ou telle nouvelle est détestée ou crainte et, donc, son message sera reçu, certes, mais enfoui aussitôt dans le tréfonds de l'inconscient, de peur qu'il ne dérange. En réalité, on en sera perturbé, mais sans savoir ou oser savoir que sa souffrance était due à ce message enfoui. Le travail du psychothérapeute ou du psychanalyste consistera alors à faire émerger dans le conscient et à faire dire ce qu'on s'obstinait à refouler avec la plus vive énergie.

La connotation affective, on le voit, peut faciliter ou altérer la mémorisation.

4. Est-ce que j'ai bien compris ?

Sans doute l'avez-vous remarqué : souvent, dans la rue, quelqu'un vous demande son chemin et, avant même que vous ayez fini de décrire l'itinéraire à suivre, vous quitte subitement, physiquement ou mentalement (il est clair que la personne ne s'intéresse pas du tout à ce que vous lui dites). Il existe plusieurs explications possibles à cet étrange comportement. Certaines personnes n'ont pas la patience d'écouter leur interlocuteur jusqu'au bout, car les informations que celui-ci leur fournit leur paraissent trop nombreuses ou complexes pour qu'elles parviennent à s'en souvenir. Choisissant la paresse, elles se contentent de prendre la première direction qu'on leur a indiquée, quitte à s'informer de nouveau, voire à plusieurs reprises, avançant ainsi par petits bonds, ce qui leur paraît plus facile mais, en réalité, est souvent plus fatigant...

Il est vrai que quand nous leur expliquons : « Vous prenez la première rue, vous tournez devant telle place, vous reprenez la seconde à droite... », nous voyons clairement le trajet dans notre tête, car nous le connaissons, mais dans celle de notre interlocuteur, c'est un véritable labyrinthe qui surgit, puisqu'il ne possède pas le cadre dont nous disposons. Plus on lui fournit d'informations, plus il est perdu. Sa mémoire de travail est débordée... La mémoire de travail, nous l'avons dit, est cette mémoire transitoire qui nous permet de stocker temporairement des informations tout en en traitant d'autres. Par exemple, on se souvient du numéro de la place de parking qu'on utilise, mais le lendemain, si on change de place, l'ancienne information est « jetée » du moins théoriquement. Si, par contre, quand nous occupions cette ancienne place, quelqu'un a enfoncé notre pare-chocs, il est à prévoir que le numéro restera sans doute gravé plus longuement dans notre mémoire...

Pour en revenir à cette situation des personnes qui demandent leur chemin, on peut aussi constater que certaines écoutent religieusement ce qu'on leur dit jusqu'au bout... et prennent la mauvaise direction : elles n'ont pas osé avouer qu'elles n'avaient pas compris ce qu'on leur avait dit. Car, d'une manière générale, ne pas savoir entraîne un sentiment de gêne, voire parfois de honte. Qui oserait revendiquer son ignorance et, même, se l'avouer ? Cette prise de conscience est un luxe dont souvent seules les personnes très lucides sont capables. Elles peuvent d'ailleurs l'utiliser comme une puissante motivation à vouloir étendre le champ de leur connaissance. En l'espèce, elles n'hésiteront pas à demander à leur interlocuteur un surcroît d'explications, jusqu'à ce que tout s'ordonne convenablement dans leur esprit.

Ce qui est vrai pour l'indication des itinéraires est applicable à toutes sortes de situations : la compréhension facilite la mémorisation. Nous verrons à quel point cette compréhension procède de l'intelligence et du langage. Si l'interlocuteur qui nous fournit des informations est lui-même confus, s'exprime trop vite ou utilise des mots dont on ignore la signification, on ne comprendra pas et on ne mémorisera pas, ou mal. Il en sera de même si l'on a du mal à construire mentalement l'espace. La compréhension est là encore un maître mot.

5. Est-ce que j'ai traité l'information ?

Si vous vous êtes contenté de recevoir passivement une information intrinsèque, brute, il y a de fortes chances pour que celle-ci soit oubliée.

En revanche, si vous prenez la peine de la *traiter*, vos chances de la mémoriser augmenteront grandement.

Dans le jargon des neuropsychologues, traiter consiste à effectuer diverses opérations mentales, notamment pour améliorer la mémorisation d'un fait, d'une conversation, etc.

Nous traitons souvent, mais sans le savoir — par exemple, en notant la présence dans notre parcours d'une nouvelle boutique qui nous intéresse, en la liant au fait qu'elle est de couleur verte. Ou encore, en conférant aux chiffres dont on veut se souvenir une certaine signification : on peut les faire correspondre à tout ou partie d'une date de naissance, ou à quelque chose de l'ordre du symbolique (le 13, le 22, etc.). C'est ce qu'on appelle fabriquer des images mentales ou encore des *indices* (souvenons-nous du Petit Poucet...).

C'est souvent fort utile quand il s'agit, par exemple, de se souvenir de son code de téléphone portable, de carte bleue ou encore de celui d'une porte cochère, chez des amis à qui l'on rend visite. La mémoire participe de ce traitement, mais c'est surtout l'intelligence et le langage qui entrent en jeu, en nous permettant de construire des repères visuo-spatiaux, d'associer, d'organiser, de hiérarchiser, de planifier ou de sémantiser (c'est-à-dire donner du sens).

L'organisation

Gardons bien à l'esprit que toutes les stratégies, dans leurs aspects aussi bien cognitifs que psychologiques, pourraient être résumées par un seul terme, un mot clé en quelque sorte : ce mot serait « organisation ».

On est souvent plus efficace quand on est organisé et les pages qui vont suivre ont pour fonction d'aider à mieux y parvenir en proposant plusieurs types d'organisation.

Dans chacun des domaines proposés seront abordés les principes pédagogiques des diverses stratégies ainsi que leurs applications, dont certaines pourront être pratiquées dans la vie quotidienne, scolaire, professionnelle ou sociale.

Les applications proposées sont suivies d'un certain nombre d'étoiles, de ★ à ★★★★. Celles-ci ne correspondent pas à la moindre notion de classement mais se bornent à baliser, en quelque sorte, le domaine dans lequel chacun s'exprimera le mieux, selon sa personnalité, sa forme d'esprit, ses goûts ou le métier qu'il pratique.

Le signe ★ désigne plus précisément les applications que l'on peut travailler avec des enfants, ce qui n'empêchera nullement de s'attaquer en leur compagnie aux applications plus complexes.

Les moins jeunes ou les moins expérimentés pourront naturellement choisir de commencer par les applications les plus simples.

4

ORGANISATION VERBALE

Principes

À chacun des événements de notre vie, à chacune de nos pensées, à chacun de nos sentiments, nous attribuons une signification, sous forme de représentations mentales, appelées aussi *images mentales*.

L'organisation sémantique

La sémantique est un terme né vers la fin du XIXe siècle pour désigner, en linguistique, la science des significations, par opposition à la phonétique, ou science des sons. À partir de ce terme a été créé le concept actif d'organisation sémantique (ou sémantisation).

Elle consiste à trouver et à utiliser les termes les plus justes possible pour désigner, donner du sens.

La mémoire sémantique peut être définie comme la mémoire des faits culturels. C'est aussi celle des mots ou des connaissances conceptuelles et linguistiques. Évoquer l'année 1789 comme date phare de la Révolution française procède de la mémoire sémantique. Le souvenir des fêtes du bicentenaire de la Révolution, célébrées en 1989, fait également appel à la même mémoire sémantique, mais aussi à la mémoire épisodique (dans la mesure où c'est un épisode qui a été vécu par nous à un moment précis de notre vie, sans lien avec une quelconque manifestation collective).

La mémoire sémantique intervient lorsque nous voulons décrire des objets, des faits, des situations, des événements, ou exprimer des impressions ou des sentiments.

Pour cela, nous puisons dans un stock déjà existant, qu'on appelle le vocabulaire (ou lexique). On y procède avec d'autant plus d'efficacité que ce stock est organisé. Une partie importante de l'organisation de notre mémoire est d'ordre sémantique.

Le vocabulaire

Le terme vocabulaire désigne à la fois l'ensemble des termes dont nous disposons et l'emploi de ces termes. Nous avons en notre possession un vocabulaire général, basique, pour désigner les situations les plus habituelles de la vie courante. On ne naît pas au monde avec ce vocabulaire dans la tête, c'est un acquis social, en provenance de l'entourage, de l'éducation, etc., même si nous naissons avec la capacité à l'acquérir. Il existe aussi des vocabulaires spécifiques, liés à telle ou telle activité, tel ou tel métier. Par exemple, le vocabulaire des médecins ou des magistrats leur est bien particulier, et reste souvent peu accessible aux non-initiés.

Parfois, cette jonction, ce lien avec le vocabulaire en stock ne se produit pas. Il peut y avoir à cela plusieurs raisons :

— l'accès au vocabulaire s'opère mal. On a le mot sur le bout de la langue, c'est-à-dire qu'on sait qu'on le possède mais il ne vient pas au stade du rappel conscient et ne peut donc être exprimé. Il est disponible, mais non accessible. Bien souvent, il n'y a pas détérioration du stock mais on est gêné par des interférences (par exemple, d'autres mots nous empêchent de trouver le mot désiré) ;

— la recherche dans le stock sémantique est quelquefois inopérante simplement parce que le mot ne s'y trouve pas : pour qu'il y ait *résurgence*, nous l'avons dit, encore faut-il qu'il y ait eu *occurrence* auparavant. Dans certains cas, il se peut qu'il y ait eu occurrence, mais dégradation du stock pour des raisons pathologiques.

Il arrive aussi, que nous possédions le mot, mais comme nous ne l'avons pas utilisé depuis un certain nombre d'années, il ne revient pas en mémoire facilement. (Ce qui remonte à la mémoire le plus aisément étant ce qui est utilisé le plus fréquemment ou a été le mieux « traité »). Cependant, ce mot subsiste dans notre stock et un jour ou l'autre, dans un certain contexte, il peut soudain ressurgir, surtout si ce contexte de rappel est semblable à celui de la mise en mémoire.

Le vocabulaire peut donc s'appauvrir. On oublie parfois des mots tout simplement parce qu'on ne s'en sert plus. Mais il est possible aussi de conserver son vocabulaire, voire de l'enrichir.

Pour en revenir à ces reportages de télévision évoqués dans l'avant-propos, les personnes que l'on questionnait se trouvaient dans l'incapacité de mettre en mots de façon satisfaisante leur expérience, soit par manque de vocabulaire, soit par manque de temps, soit encore par manque de confiance en elles. Lors d'une réunion, certaines personnes ne trouvent pas la bonne manière de s'exprimer ou elles ne répliquent que tardivement, quand déjà les autres interlocuteurs abordent un nouveau sujet. C'est de ce retard, nous l'avons dit, qu'est née l'expression amusante « avoir l'esprit d'escalier » qui est quelquefois la conséquence des multiples interférences qui nous perturbent.

Le but des applications qui vont suivre est de vous aider à conquérir une meilleure pratique de l'organisation sémantique. Elles vous permettront de bien vous adapter à la déferlante des mots et des expressions qui surgissent régulièrement.

La nécessité d'adaptation

L'évolution de la science entraîne une évolution du langage.

Dans la vie courante, de plus en plus liée à la technologie, apparaissent sans cesse de nouveaux termes. Si l'on compare un dictionnaire d'il y a cinq ans à celui que nous possédons aujourd'hui, on constatera que beaucoup de mots qui n'y figuraient pas sont à présent entrés dans l'usage courant. Quelques-uns, plus rarement, ont disparu faute d'avoir été utilisés ou parce qu'ils désignaient des faits ou des techniques considérés comme surannés.

De même que sur un bateau il est indispensable de connaître chaque terme pour pouvoir naviguer correctement, le vocabulaire marin étant très précis, la vie quotidienne, professionnelle ou sociale implique une connaissance du sens des mots.

« Ce qui se conçoit bien s'énonce clairement et les mots pour le dire arrivent aisément », disait Boileau. Une bonne organisation verbale permet à la fois de bien concevoir et de s'exprimer avec justesse. C'est indispensable aux enfants confrontés à l'étude d'une nouvelle matière dans leur scolarité comme aux adultes contraints de changer de profession.

La demande et le stock

Parfois, le sens d'un mot ou les circonstances auxquelles il est lié sont porteurs d'un tel désagrément ou d'une telle souffrance que notre subconscient les masque bien profondément pour éviter qu'ils ne s'expriment. Le mot qui déplaît ou perturbe est bloqué ou systématiquement remplacé par un synonyme. Il arrive pourtant qu'il surgisse soudain, par une voie détournée, sans qu'on en soit vraiment conscient au moment de l'exprimer — c'est ce qu'on appelle un *lapsus*.

Souvent, ce mot qu'on ne peut exprimer est contaminé par un terme voisin, qui sonne phonétiquement comme lui et cette contamination sonore fait qu'on remplace un mot par un autre. Il y a interférence. Je songe en particulier à une personne avec qui j'attendais l'ascenseur, qui au lieu de dire « ascenseur » prononça « radiateur » parce que nous avions précédemment discuté d'un problème de chauffage qui lui était resté à l'esprit. On peut dire que le mot juste avait été en quelque sorte parasité — et même supplanté — par le faux.

Quelquefois, l'incapacité de prononcer un mot, qu'on connaît pourtant, vient de ce qu'on a échoué précédemment dans cette opération, ce qui a entraîné une sorte de réaction en chaîne : un échec conduit à plus d'échec. Il arrive souvent qu'un enfant dise : « Je ne trouve pas le mot. » Si l'on insiste, si on lui fait comprendre qu'il est parfaitement capable d'y parvenir, alors il arrive souvent qu'il le trouve, au prix d'une plus grande concentration. Souvent, il suffit de lui laisser un peu plus de temps afin qu'il puisse sereinement puiser dans son stock, à son rythme.

La stratégie de l'organisation verbale permet de parvenir à une meilleure recherche dans le stock. Cette recherche est à la fois automatique et volontaire.

Un exemple d'opération de recherche automatique : si l'on demande à quelqu'un de nous fournir une liste de noms d'animaux, cette personne commencera spontanément par les plus simples, qui font partie de son univers familier (chat, chien, poule) ou qui ont été acquis précocement. D'un point de vue génétique, en effet, on est préprogrammé dans nos acquisitions. De même que tous les enfants du monde, quelle que soit leur culture, commencent à dessiner de façon identique, ils commencent aussi à parler d'une manière semblable. Le cerveau traite par des populations neuronales spécifiques des contenus d'informations spécifiques : les êtres vivants ne sont pas traités comme les objets inanimés.

Si je demande ce qu'ont de commun une banane et une orange, spontanément, instinctivement, on me répondra que ce sont des fruits. Ou dans le cas d'un pantalon et d'une chemise, que ce sont des vêtements. Nos connaissances sont organisées, notamment par catégories.

Au cours de l'exercice portant sur des noms d'animaux, une fois un premier stock épuisé, la personne interrogée passera à une stratégie volontaire plus élaborée. Elle procédera par catégorisation, s'orientant, par exemple, vers les animaux sauvages, ceux qu'on trouve en Afrique, en Asie, en Europe, ou encore par espèces (mammifères, oiseaux, etc.).

Utilité de l'organisation verbale

Un esprit qui rencontre des difficultés dans son organisation verbale perd beaucoup de son efficacité, nous l'avons vu. Il peut être plus facilement victime de blocages. Lorsque nous maîtrisons l'outil langage, c'est-à-dire que notre organisation verbale fonctionne bien, si quelqu'un nous interpelle de façon agressive, nous serons capables de verbaliser pour exprimer notre pensée, de rétorquer verbalement pour résoudre ou tenter de résoudre le problème, au lieu de répliquer par cette seule arme que constitue la défense physique. Souvent, dans les débats qui traitent de la violence de certains adolescents des quartiers dits « défavorisés », on néglige le fait que ces enfants sont acculés à cette violence par manque d'accès à d'autres moyens susceptibles d'exprimer leurs problèmes ou leur mal-être. Certes, on met en avant la nécessité du dialogue, mais on semble oublier que cet échange ne peut être efficace que s'il met en présence deux êtres possédant des facultés d'expression proches ou identiques. Sinon, il ne s'agit que de monologues...

Mettre les mots sur ce que l'on vit constitue, nous l'avons vu, une sorte d'enveloppe qui protège, constitue de la distance et facilite la maîtrise de certaines situations en permettant de concilier, de négocier, d'user d'une stratégie.

D'une manière plus générale, dans notre vie quotidienne et professionnelle, il se peut qu'on nous demande à tout moment de décrire une situation, de faire un rapport précis et circonstancié. Nous devons trouver les mots qui qualifient le mieux et le plus simplement possible les êtres, les choses, les mécanismes, ne serait-ce que pour réussir dans notre tâche et, ainsi, participer plus activement aux échanges sociaux.

D'un point de vue psychologique, exprimer avec rigueur et précision ce qu'on désire ou ce qu'on ressent permet à la fois une meilleure connaissance de soi et une plus grande confiance en soi.

Inversement, si on se heurte à sa propre incapacité à dire, on prend conscience que le rapport aux autres s'altère. On pense alors souvent « les autres ne me comprennent pas » et l'on tend à s'isoler, à se replier sur soi-même.

La stratégie de l'organisation verbale vise à :

— enrichir son répertoire oral ou écrit ;

— penser avec précision et rigueur ;

— mieux s'exprimer et acquérir par conséquent une certaine aisance dans les conversations ou encore face à un auditoire.

Si on se trouve en panne de mot, parce qu'on est stressé ou intimidé, le terme adéquat ne venant pas à l'esprit, on saura plus facilement alors faire appel à un synonyme, une analogie ou une périphrase.

Mais là ne se borne pas l'intérêt d'une bonne pratique de l'organisation verbale.

Les applications qui suivent, en suscitant un effort d'attention et de concentration, étendront le vocabulaire et en amélioreront l'accès. Elles seront utiles, en particulier dans la vie courante, pour débloquer certaines situations : les techniques d'apprentissage nous feront souvent découvrir la richesse de nos propres ressources cognitives, et nous pourrons les cultiver, ce qui nous permettra d'acquérir une meilleure confiance en nous et ainsi, de mieux surmonter quelques-unes de nos inhibitions.

La mémoire sémantique

Dans les pages précédentes, nous avons cité les mécanismes qui font que l'organisation verbale ne fonctionne pas comme elle le devrait — l'appel au vocabulaire s'opère mal, on est en présence de blocages psychologiques, etc.

Dans tous les cas, le rôle de la mémoire sémantique est important. En fait, celle-ci est toujours présente dans l'ensemble des applications, qu'on en soit ou non conscient.

Apprendre à s'exprimer apprend à penser. C'est la raison pour laquelle cet ouvrage accorde une place prépondérante à l'organisation sémantique dans l'acquisition, la consolidation et l'utilisation du vocabulaire.

Applications

Le vocabulaire

Définition

Le vocabulaire, nous le savons, est l'ensemble des mots dont chacun de nous peut disposer pour comprendre ou s'exprimer. Nous verrons que les mots qui constituent ce vocabulaire ne sont pas immuables mais apparaissent, disparaissent ou changent de signification au fil des temps, témoignant souvent de l'évolution des modes de vie.

Intérêt

Nous appartenons à une civilisation du dit et de l'écrit. Manier et enrichir son vocabulaire jouent un rôle capital dans toute pratique intellectuelle. Chercher les mots adéquats est un exercice qui aiguise la pensée. Cela permet aussi bien d'intervenir dans des discussions que de mieux rédiger son courrier ou de communiquer plus aisément avec son milieu. Voilà qui est indispensable pour ne pas se sentir « largué » quand surgissent des termes nouveaux, souvent maniés par les plus jeunes. En cela, le vocabulaire joue un rôle social de rapprochement des générations. C'est pourquoi, avant d'aborder les applications, il m'apparaît indispensable d'insister sur le rôle fondamental joué, à tout âge, par les dictionnaires ou encyclopédies divers, qui doivent faire partie de l'univers familier. Plus que des outils, permettant d'adapter les applications à tous les publics, ils sont de bienveillants auxiliaires.

Applications

Dans les exercices que je vous propose, nous ferons porter notre attention et notre réflexion sur :

— les termes adéquats ;
— les synonymes ;
— les antonymes ;
— les adjectifs qualificatifs ;
— les expressions ou citations usuelles ;
— les termes et expressions usuels ;
— les verbes adéquats ;
— le sens de certains préfixes ;
— le sens de certains suffixes ;
— quelques néologismes ;

— le vocabulaire de l'informatique et d'Internet ;
— certains exemples à ne pas suivre ;
— la correspondance ;
— quelques curiosités ;
— des applications dans la vie quotidienne.

Les termes adéquats

Ce sont les termes justes, s'adaptant à un domaine précis.

★

Citer le maximum de mots se rapportant au tennis :

Citer les noms de trois champions :

Citer les noms de trois grands tournois :

Réponses page 75

Les termes adéquats

★★

Citer le maximum de pâtisseries et de desserts :

Citer quatre plats classiques français :

Citer quatre spécialités étrangères :

Réponses page 76

Les termes adéquats

★★★

Citer le maximum de termes se rapportant au commerce :

Citer cinq mots utilisés dans les milieux bancaires :

Citer cinq termes de Bourse :

Réponses page 77

Les termes adéquats

★★★★

Trouver le maximum de termes se rapportant à la justice et à la magistrature :

Citer cinq mots propres au milieu carcéral :

Citer cinq procès célèbres dans les annales de la justice :

Réponses page 78

Réponses

★

On peut citer :

Raquette, corde, cordage, balle, filet, volée, demi-volée, lift, ramasseur de balles, passing-shot, let, ligne, coup droit, revers, lob, tennis elbow, fond de court, set, jeu, tie-break, avantage, égalité, service, ace, première balle, seconde balle, double faute, classement ATP, amorti, match, double, simple, mixte, break, gazon, surface synthétique, terre battue, juge-arbitre, arbitre de chaise, juge de ligne, faute de pied, carré de service, couloir, etc.

On peut citer :

John McEnroe, Martina Hingis, Ken Rosewall, Pete Sampras, Steffi Graf, Björn Borg, Monica Seles, Yannick Noah, Ilie Nastase, Chris Evert, Venus et Serena Williams, Greg Rusedski, Jimmy Connors, Boris Becker, Andre Agassi, Suzanne Lenglen, Martina Navratilova, Yevgueny Kafelnikov, Gustavo Kuerten, Jean Borotra, Lindsay Davenport, Yvan Lendl, Michael Chang, Marcelo Rios, etc.

On peut citer :

Coupe Davis, Fed Cup, Internationaux de Grande-Bretagne (Wimbledon), Internationaux de France (Roland-Garros), US Open (Flushing Meadow), Open d'Australie (Melbourne Park), Open de Paris (Bercy) ainsi que les tournois de l'ATP (messieurs) et de la WTA (dames) se déroulant dans divers pays.

★★

On peut citer :

Mousse au chocolat, chou à la crème, éclair, religieuse, baba au rhum, profiteroles, fraisier, meringue, crème au caramel, tarte Tatin, sorbet, financier, mille-feuille, œufs à la neige, crème brûlée, savarin, madeleine, pêche Melba, marrons glacés, palmier, crêpes Suzette, riz au lait, clafoutis, crème Chantilly, omelette norvégienne, charlotte, bavarois, cake, biscuit de Savoie, quatre-quarts, poires au vin, ardéchois, galette des rois, îles flottantes, etc.

On peut citer :

Choucroute, sauté de veau Marengo, truite aux amandes, bœuf à la ficelle, cassoulet, bœuf en daube, bouillabaisse, quiche lorraine, bœuf gros sel, sole meunière, bœuf bourguignon, entrecôte bordelaise, haricot de mouton, maquereau au vin blanc, canard à l'orange, tournedos Rossini, blanquette de veau, tripes à la mode de Caen, tête de veau vinaigrette, tripes à la mode de Caen, entrecôte marchand de vin, harengs pommes à l'huile, gigot d'agneau, pintade aux choux, navarin, bœuf miroton, lapin chasseur, etc.

On peut citer (en s'efforçant de retrouver le pays d'origine) :

Pizza, homous, couscous, borsh, koulib, nids d'hirondelle, pudding, bœuf Stroganov, tagine, cacha, brownie, scone, goulash, paella, taboulé, cookie, carpaccio, osso buco, canard laqué, nems, muffin, tacos, caviar d'aubergine, acras, riz pilaf, souvlaki, chachlik, blinis, guacamole, brick, riz cantonais, polenta, chop shuey, etc.

★★★

On peut citer :

Achat, vente, stock, magasin, vendeur, vendeuse, gérant, société, enseigne, chèque certifié, franchise, holding, transaction, démarque, représentant, fabricant,bail commercial, joint-venture, soldes, client, grossiste, détaillant, vitrine, rayon, publicité, dégriffé, traites, finance, gros, demi-gros, facture, négociant, boutique, grande surface, clientèle, usine, bureau, inventaire, achat, fonds de commerce, échantillons, actif, passif, livraison, crédit, débit, échéance, faillite, dépôt de bilan, importation, exportation, sous-traitant, etc.

On peut citer :

Chèque, chèque certifié, chèque endossé, chèque impayé, banqueroute, chéquier, relevé de compte, historique, espèces, ouverture d'un compte courant, découvert, crédit, agio, virement, débit, guichet, caisse, escompte, traite, commission, change, devise, agence, directeur d'agence, conseil d'administration, siège social, etc.

On peut citer :

Liquidation, marché au comptant, SRD, second marché, nouveau marché, agent de change, cotation, cotation en continu, fixing, marché gris, perte, gain, territoire positif (ou négatif), lissage, hausse, baisse, comptant, action, obligation, obligation convertible, dividendes, warrant, broker, broker on line, valeur technologique, valeur cyclique, ratio, introduction, OPA, etc. (On peut aussi citer quelques indices français [SBF 120, SBF 250, Cac 40, IT CAC 50, Top 50...] et étrangers [DAX, FTSE, Stoxx 50, BEL 20, Nikkei, Dow Jones, Nasdaq, etc.].)

★★★★

On peut citer :

Avocat, bâtonnier, procès, appel, cassation, révision, plaidoirie, garde des Sceaux, juge, tribunal, cour d'assises, cour d'appel, Cour de cassation, cour européenne, chambre correctionnelle, chambre d'accusation, président, conseiller, avocat général, débats, parquet, substitut, procureur, témoin et témoignage, parquet, substitut, procureur, témoin et témoignage, plainte, huissier, greffier, juré, accusé, verdict, droit, assesseur, instruction, Code pénal, Code civil, Code de procédure pénale, sentence, prescription, imprescriptibilité, poursuites, diffamation, partie civile, non-lieu, commission rogatoire, etc.

On peut citer :

Centrale, maison d'arrêt, pénitencier, geôle, surveillants, maton, mitard, registre d'écrou, levée d'écrou, fouille à corps, cellule, cellule d'isolement, division, quartier des mineurs, cantiner, parloir, pécule, transfert, administration pénitentiaire, évasion, etc.

On peut citer :

Jeanne d'Arc, les Templiers, Louis XVI, la bande à Bonnot, Seznec, le Dr Petiot, Dreyfus, les enfants Finaly, Touvier, Landru, les sorcières de Salem, Violette Nozières, Barbie, Oustric, Ravachol, les sœurs Papin, Pétain, Zola, Marie Besnard, Riom, les époux Rosenberg, Ben Barka, le courrier de Lyon, Mis et Thienot, Dominici, Fesch, Nuremberg, Troppmann, Sacco et Vanzetti, le Dr Bougrat, Papon, Ranucci, Laval, Mata Hari, Russier, Jaccoud, Steinheil, Lacenaire, Villemin, Buffet et Bontemps, Haddad, Léger, etc.

Les synonymes

Les synonymes sont des mots (ou des expressions) ayant le même sens que d'autres mots, ou une signification très voisine — auquel cas il s'agit d'analogies, qui couvrent un champ plus large. Nous avons étendu les applications à ces deux termes.

★

Trouver le plus grand nombre de synonymes ou d'expressions équivalentes de :

Difficile :

Fatigué :

Libre :

Paisible :

Intelligent :

Dangereux :

Réponses page 83

Les synonymes

★★

Trouver le plus grand nombre de synonymes ou d'expressions équivalentes de :

Original :

Habile :

Pur :

Lâche :

Anonyme :

Brutal :

Réponses page 83

Les synonymes

★★★

Trouver le plus grand nombre de synonymes ou d'expressions équivalentes de :

Faire fortune :

Être en colère :

Trahir :

Réussir :

Prendre son mal en patience :

Imiter :

Réponses page 84

Les synonymes

★★★★

Trouver le plus grand nombre de synonymes ou d'expressions équivalentes de :

Changer d'avis comme de chemise :

Filer doux :

Prendre des vessies pour des lanternes :

Jouer avec le feu :

Être au pied du mur :

Avoir le cœur sur la main :

Réponses page 84

Réponses

★

Difficile :
Ardu, compliqué, dur, malaisé, problématique, complexe, etc.

Fatigué :
Las, épuisé, éreinté, harassé, usé, fourbu, etc.

Libre :
Indépendant, maître de soi, affranchi, autonome, etc.

Paisible :
Tranquille, calme, pacifique, serein, placide, modéré, sage, etc.

Intelligent :
Ingénieux, réfléchi, raisonnable, sensé, compréhensif, clairvoyant, perspicace, profond, subtil, etc.

Dangereux :
Périlleux, menaçant, redoutable, risqué, etc.

★★

Original :
Rare, inédit, inusité, excentrique, étrange, singulier, etc.

Habile :
Adroit, malin, ingénieux, rusé, futé, subtil, astucieux, dégourdi, etc.

Pur :
Immaculé, naturel, épuré, limpide, net, intégral, etc.

Lâche :
Couard, pleutre, peureux, poltron, etc.

Anonyme :
Obscur, ignoré, inconnu, méconnu, secret, caché, etc.

Brutal :
Violent, agressif, rude, dur, barbare, etc.

★★★

Faire fortune :
Amasser des biens, gagner beaucoup d'argent, s'enrichir, prospérer, etc.

Être en colère :
S'emporter, tempêter, tonner, fulminer, s'irriter, etc.

Trahir :
Être félon, déloyal, parjure, déserter, faire défection, abandonner, retourner sa veste, jouer double jeu, etc.

Réussir :
Parvenir à ses fins, atteindre son but, gagner, être victorieux, remporter un succès, triompher, etc.

Prendre son mal en patience :
Patienter, être serein, garder son calme, attendre des jours meilleurs, se résigner, temporiser, etc.

Imiter :
Copier, contrefaire, parodier, plagier, singer, etc.

★★★★

Changer d'avis comme de chemise :
Se montrer imprévisible, changeant, velléitaire, incertain, capricieux, etc.

Filer doux :
Obéir sagement, ne pas répliquer, se conformer, se tenir coi, se soumettre, être sage, être obéissant, etc.

Prendre des vessies pour des lanternes :
Être naïf, se laisser berner, s'illusionner, se leurrer, être abusé, etc.

Jouer avec le feu :
Prendre des risques inconsidérés, se montrer téméraire, défier le danger, etc.

Être au pied du mur :
Se trouver face aux difficultés, devoir affronter une situation, être dans l'obligation d'agir, etc.

Avoir le cœur sur la main :
Être généreux, bon, charitable, secourable, etc.

Les antonymes

Un antonyme est un mot dont le sens est contraire à un autre.

★

Trouver le plus grand nombre d'antonymes ou d'expressions contraires de :

Riche :

Chaud :

Sombre :

Furieux :

Malpoli :

Avare :

Réponses page 90

Les antonymes

★★

Trouver le plus grand nombre d'antonymes ou d'expressions contraires de :

Érudit :

Réel :

Généreux :

Essentiel :

Insouciant :

Virtuel :

Réponses page 90

Les antonymes

★★★

Trouver le plus grand nombre d'antonymes ou d'expressions contraires de :

S'exposer :

Autoriser :

Oublier :

Progresser :

Aimer :

Naître :

Réponses page 91

Les antonymes

★★★★

Trouver le plus grand nombre d'antonymes ou d'expressions contraires de :

Voler de ses propres ailes :

Aller droit au but :

Prendre ses désirs pour des réalités :

Être franc comme l'or :

Être tout feu, tout flammes :

Errer comme une âme en peine :

Réponses page 91

Réponses

★

Riche :
Pauvre, démuni, impécunieux, désargenté, indigent, etc.

Chaud :
Froid, glacé, réfrigéré, gelé, glacial, etc.

Sombre :
Clair, lumineux, éclairé, évident, etc.

Furieux :
Apaisé, calme, impassible, tranquille, serein, etc.

Malpoli :
Poli, bien élevé, courtois, distingué, respectueux, bien éduqué, etc.

Avare :
Dépensier, généreux, prodigue, large, etc.

★★

Érudit :
Ignorant, primaire, rustre, etc.

Réel :
Virtuel, abstrait, chimérique, utopique, imaginaire, etc.

Généreux :
Avare, égoïste, pingre, avide, cupide, mesquin, etc.

Essentiel :
Secondaire, superflu, accessoire, mineur, etc.

Insouciant :
Soucieux, inquiet, mal à l'aise, troublé, ému, etc.

Virtuel :
réel, palpable, vrai, tangible, effectif, etc.

★★★

S'exposer :
Se dissimuler, se cacher, vivre dans l'ombre, se dérober aux regards, etc.

Autoriser :
Interdire, prohiber, censurer, proscrire, etc.

Oublier :
Garder en mémoire, se souvenir, se remémorer, etc.

Progresser :
Régresser, rétrograder, perdre du terrain, reculer, décroître, etc.

Aimer :
Détester, haïr, maudire, exécrer, etc.

Naître :
Mourir, disparaître, trépasser, perdre la vie, rendre l'âme, s'éteindre, etc.

★★★★

Voler de ses propres ailes :
Être dépendant, aux ordres, soutenu, assisté, obéissant, guidé, etc.

Aller droit au but :
Tergiverser, louvoyer, ruser, temporiser, etc.

Prendre ses désirs pour des réalités :
Être lucide, perspicace, clairvoyant, savoir juger, faire preuve de réalisme, etc.

Être franc comme l'or :
Cacher son jeu, tricher, jouer double jeu, être hypocrite, dissimuler, etc.

Être tout feu, tout flamme :
Se montrer flegmatique, indifférent, blasé, fatigué, lymphatique, etc.

Errer comme une âme en peine :
Savoir où l'on va, aller vers un but fixé, savoir où diriger ses pas, emprunter un chemin précis, suivre un itinéraire bien établi, etc.

Variante

Voici quelques expressions familières que nous vous proposons d'utiliser à bon escient dans vos conversations ou dans des textes que vous aurez conçus. Vous pouvez aussi trouver des expressions synonymes ou contraires... en sachant qu'elles n'existent pas forcément :
Se tirer une balle dans le pied.
Au Panthéon des nuls, vous seriez en bonne compagnie.
Un silence assourdissant.
Rouler pour quelqu'un.
Une bonne barrière fait un bon voisinage.
Le plaisir, c'est le corps qui pense.
On est toujours le ringard de quelqu'un.
Cette expression fera un carton.
Être candidat à la candidature.
Conjuguer le pessimisme à tous les temps.
On n'est jamais trop vieux pour grandir.
Avant d'être quelqu'un, on est de quelque part.
Un argument brut de décoffrage.
Savoir jusqu'où aller trop loin.
Une mauvaise pioche.

Les adjectifs qualificatifs

Un adjectif qualificatif sert à exprimer la nature, la qualité ou la manière d'être de quelqu'un ou de quelque chose.

★

Une personne qui parle beaucoup est...

Un spectacle où l'on s'amuse est...

Une personne qui a très faim est...

Lorsqu'on se fait du souci, on est...

Quelqu'un qui a la fièvre est...

Un homme qui a de l'audace est...

Réponses page 97

Les adjectifs qualificatifs

★★

Ce qui est contraire aux lois est...

Celui qui croit trop facilement à ce qu'on lui raconte est...

Une personne qui a des soupçons est...

Celui qui peine à reprendre sa respiration est...

Ce qui nuit est...

Ce qu'on souhaite voir se produire est...

Réponses page 97

Les adjectifs qualificatifs

★★★

Ce qu'on ne parvient pas à faire est considéré comme...

Une personne qui cause beaucoup de mal est...

Une femme qui a de la chance est...

Celui qui est angoissé à l'idée d'être enfermé est...

Les passionnés de cinéma sont des...

Ce qui se produit pendant la nuit est...

Réponses page 97

Les adjectifs qualificatifs

★★★★

Une personne maigre comme un fil est...

Celui qui nie l'existence de toute divinité est...

Quelqu'un qui est en train de douter est...

Ce qui est hasardeux, imprévisible, est...

Celui qui se croit sans cesse malade est...

Une personne qui a peur de la foule est...

Réponses page 97

Réponses

★

Bavarde
Amusant (ou distrayant)
Affamée
Soucieux
Fiévreux
Audacieux

★★

Illégal
Crédule
Soupçonneuse (ou méfiante)
Essoufflé
Nuisible
Souhaitable

★★★

Infaisable
Malfaisante
Chanceuse
Claustrophobe
Cinéphiles
Nocturne

★★★★

Filiforme
Athée
Dubitatif
Aléatoire
Hypocondriaque
Agoraphobe

Les expressions ou citations usuelles

★

Compléter :

Être malin comme un…

Une … ne fait pas le printemps.

Être sobre comme un…

Avoir une mémoire d'…

Être bavard comme une…

S'observer en … de faïence

Prendre le taureau par les…

Il est têtu comme une…

Vivre comme un … en pâte.

Il est fait comme un…

Quand les … auront des dents.

Variante

Élaborer cinq phrases comportant chacune une de ces expressions une fois complétée :

Réponses page 102

Les expressions ou citations usuelles

★★

Compléter :

Il ne faut pas perdre le...

On doit savoir tenir sa...

L'union fait la...

Être d'un calme...

Loin des yeux, loin du...

À bon ..., salut !

Comme on fait son ..., on se couche.

Qui sème le vent récolte la...

Tirer des ... sur la comète.

Faire d'une ... deux coups.

Variante

Élaborer cinq phrases comportant chacune une de ces expressions une fois complétée :

Réponses page 102

Les expressions ou citations usuelles

★★★

Compléter :

La culture, c'est comme la ..., moins on en a, plus on l'étale.

Il n'est pas ... de tout reproche.

Un ... vaut mieux que deux ...

Des reparties...

Il ne faut pas mettre tous ses ... dans le même panier.

Bâtir des ... en Espagne.

Les ... ne sont pas les payeurs.

On n'est jamais si bien servi que par ...

Qui vole un ... vole un bœuf.

Prendre ses ... à son cou.

Qui veut la ... veut les moyens.

Variante

Élaborer cinq phrases comportant chacune de ces expressions une fois complétée :

Réponses page 102

Les expressions ou citations usuelles

★★★★

Compléter :

Les ... sont jetés.

Passer sous les ... Caudines.

Faute de ..., on mange des...

On n'a que l'âge de ses...

Il n'y a que les ... qui ne se rencontrent pas.

Nul n'est ... en son pays.

Il n'y a pas de ... sans feu.

On juge l'... à ses fruits.

Il faut laisser du ... au temps.

Filer à l'...

Variante

Élaborer cinq phrases comportant chacune une de ces expressions une fois complétée :

Réponses page 103

Réponses

★

Être malin comme un singe.
Une hirondelle ne fait pas le printemps.
Être sobre comme un chameau.
Avoir une mémoire d'éléphant.
Être bavard comme une pie.
S'observer en chiens de faïence.
Prendre le taureau par les cornes.
Il est têtu comme une mule.
Vivre comme un coq en pâte.
Il est fait comme un rat.
Quand les poules auront des dents.

★★

Il ne faut pas perdre le nord.
On doit savoir tenir sa langue.
L'union fait la force.
Être d'un calme olympien.
Loin des yeux, loin du cœur.
À bon entendeur, salut !
Comme on fait son lit, on se couche.
Qui sème le vent récolte la tempête.
Tirer des plans sur la comète.
Faire d'une pierre deux coups.

★★★

La culture, c'est comme la confiture, moins on en a, plus on l'étale.

Il n'est pas exempt (ou à l'abri) de tout reproche.

Un tiens vaut mieux que deux tu l'auras.

Des reparties cinglantes (ou vives).

Il ne faut pas mettre tous ses œufs dans le même panier.
Bâtir des châteaux en Espagne.
Les conseilleurs ne sont pas les payeurs.
On n'est jamais si bien servi que par soi-même.
Qui vole un œuf vole un bœuf.
Prendre ses jambes à son cou.
Qui veut la fin veut les moyens.

★★★★

Les dés sont jetés.
Passer sous les fourches Caudines.
Faute de grives, on mange des merles.
On n'a que l'âge de ses artères.
Il n'y a que les montagnes qui ne se rencontrent pas.
Nul n'est prophète en son pays.
Il n'y a pas de fumée sans feu.
On juge l'arbre à ses fruits.
Il faut laisser du temps au temps.
Filer à l'anglaise.

Les termes et expressions usuels

★

Retrouver le maximum de termes et d'expressions usuels utilisant le mot *temps* :

Retrouver le maximum de termes et d'expressions utilisant le mot *coup* :

Retrouver le maximum de termes et d'expressions utilisant le mot *chat* :

Réponses page 108

Les termes et expressions usuels

★★

Retrouver le maximum de termes et d'expressions utilisant le mot *guerre* :

Retrouver le maximum de termes et d'expressions utilisant le mot *eau* :

Retrouver le maximum de termes et d'expressions utilisant le mot *main* :

Réponses page 109

Les termes et expressions usuels

★★★

Retrouver le maximum de termes et d'expressions utilisant le mot *amour* :

Retrouver le maximum de termes et d'expressions utilisant le mot *vie* :

Retrouver le maximum de termes et d'expressions utilisant le mot *esprit* :

Réponses page 109

Les termes et expressions usuels

★★★★

Retrouver le maximum de termes et d'expressions utilisant le mot *tête* :

Retrouver le maximum de termes et d'expressions utilisant le mot *cœur* :

Retrouver le maximum de termes et d'expressions utilisant le mot *art* :

Réponses page 110

Réponses

★

Temps :

Le temps, c'est de l'argent. Au bon vieux temps. Tuer le temps. Avoir le temps avec soi. En temps ordinaire. Les temps modernes. Il faut un temps pour tout. Depuis la nuit des temps. Un temps pluvieux. Il faut laisser du temps au temps. Se donner du bon temps. Perdre (ou gagner) du temps. En deux temps, trois mouvements. Rattraper le temps perdu. De temps en temps. Peu de temps après. Un laps de temps. Le temps qui passe ne se retrouve jamais. Trouver le temps long. Un sale temps. Une valse à trois temps. Un emploi du temps. Prendre son temps, etc.

Coup :

Faire les quatre cents coups. Un coup de tête. Un coup de grisou. Un coup de main. Sans coup férir. Un coup de sang. Un coup d'essai. Un coup de maître. Faire d'une pierre deux coups. Un coup de foudre. Le coup de l'étrier. Faire un sale coup. Des coups d'épée dans l'eau. Faire coup double. Un coup de boutoir. Rendre coup pour coup. Un coup d'aile. Un coup de tabac. Les trois coups (au théâtre). Un coup de poing. Échanger des coups. Un coup bas. Compter les coups. Un coup de feu. Le coup de grâce. Tenir le coup. Un coup du sort, etc.

Chat :

Un chat de gouttière. Avoir un chat dans la gorge. Le Chat botté. Il n'y a pas de quoi fouetter un chat. À bon chat, bon rat. Appeler un chat un chat. Il n'y a pas un chat. Vivre comme chien et chat. La nuit, tous les chats sont gris. Donner sa langue au chat. Chat échaudé craint l'eau froide. Jouer à chat perché. Quand le chat n'est pas là, les souris dansent. Faire une toilette de chat, etc.

★★

Guerre :

Une ruse de guerre. À la guerre comme à la guerre. Faites l'amour, pas la guerre. Un pays en guerre. Une prise de guerre. Être en guerre ouverte. Les honneurs de la guerre. *La guerre de Troie n'aura pas lieu.* De guerre lasse. La guerre civile. Le nerf de la guerre. Si tu veux la paix, prépare la guerre. *La guerre des étoiles.* La guerre de Sécession. Les grandes guerres mondiales. Les guerres de Religion, etc.

Eau :

Au fil de l'eau. Se noyer dans un verre d'eau. Nager entre deux eaux. Suer sang et eau. Se jeter à l'eau. Eau minérale. Eau gazeuse. Une conduite d'eau. Un château d'eau. Eau plate. Un jet d'eau. D'ici là, il passera beaucoup d'eau sous les ponts. Mettre de l'eau dans son vin. Un moulin à eau. Une flaque d'eau. Marcher sur les eaux. Un coup d'épée dans l'eau. Comme un poisson dans l'eau. Laver à grande eau. Les grandes eaux. Avoir l'eau à la bouche. Eau de source, eau de pluie, eau de vaisselle. Une chute d'eau. Il faut se méfier de l'eau qui dort, etc.

Main :

Une main de fer dans un gant de velours. Faire main basse. Une main tendue. Passer de main en main. Revenir les mains vides. Adroit de ses mains. La main gauche du Seigneur. Se donner la main. Main-d'œuvre. Une lettre de sa main. Lever la main sur quelqu'un. La mainmise. Prêter main-forte. En venir aux mains. Une mainlevée. S'en laver les mains. Travailler de ses mains. Un coup de main. Un exercice de main à main. Unis comme les cinq doigts de la main. Passer la main dans le dos. Haut les mains. La main dans le sac, etc.

★★★

Amour :

Le grand amour. Amour, délices et orgues. L'amour est aveugle. Un chagrin d'amour. Vivre d'amour et d'eau fraîche. L'amour courtois. L'amour de son métier. Être fou d'amour. Des serments d'amour. L'amour est enfant de bohème. Une déclaration d'amour. Des lettres d'amour. L'amour du prochain. Un amour d'enfant. Pour l'amour de Dieu. L'amour maternel, paternel, filial. Un mariage d'amour. Filer le parfait amour, etc.

Vie :

Une vie de chien. De l'eau-de-vie. À la vie, à la mort. Ce n'est pas une vie. La vie à deux. La vie est courte. Gagner sa vie. La vie en rose. Un signe de vie. Vivre sa vie. *La vie est un songe.* Une fille de mauvaise vie. Un mode de vie. Donner signe de vie. Perdre la vie. Toute une vie. Vivre et laisser vivre. Une vie de garçon. La vie conjugale. La lutte pour la vie. Passer de vie à trépas. Redonner vie. La bourse ou la vie. Une assurance sur la vie. Être plein de vie. Le cours de la vie. C'est la vie. Amis pour la vie. Train de vie. La vie de bohème. La vie animale, la vie végétale, etc.

Esprit :

Un mot d'esprit. Esprit-de-sel. Le Saint-Esprit. Perdre l'esprit. Reprendre ses esprits. Un pur esprit. Une vue de l'esprit. Simple d'esprit. Un esprit libre. Un état d'esprit. Avoir l'esprit ailleurs. Largeur d'esprit. Avoir mauvais esprit. La présence d'esprit. Avoir l'esprit mal tourné. Les grands esprits se rencontrent. Esprit critique. *L'esprit des lois.* L'esprit de corps. Les jeux d'esprit. Un homme d'esprit. Sain de corps et d'esprit. Esprit d'équipe. Esprit de famille, etc.

★★★★

Tête :

Tête-à-tête. Une tête de Turc. Tenir tête. Faire la course en tête. Tête-bêche. Garder la tête froide. Un coup de tête. Ne pas avoir la tête à soi. Une idée dans la tête. Une tête à claques. Perdre la tête. Faire tourner la tête. Des pieds à la tête. Six cylindres en tête.

Foncer tête baissée. Une tête de mort. Un appui-tête. Faire la tête. Le wagon de tête. Gagner d'une courte tête. Risquer sa tête. Se casser la tête. Avoir la tête ailleurs. Le fromage de tête. De la tête aux pieds. Tête nue. Mal de tête. Tête basse. Un signe de tête. Se jeter la tête la première. La tête contre les murs. Une tête brûlée, etc.

Cœur :

Avoir le cœur à rire. Un cœur gros comme ça. « Le cœur a ses raisons que la raison ne connaît point » (Pascal). Le cœur droit, le cœur gauche. Des haut-le-cœur. Au cœur de la mêlée. Atout cœur. Dire ce qu'on a sur le cœur. Une maladie de cœur. Une opération à cœur ouvert. Un coup de cœur. Faire le joli cœur. Une peine de cœur. Loin des yeux, loin du cœur. Au cœur de la nuit. Les battements de cœur. Avoir mal au cœur. La bouche en cœur. Un cœur de laitue. Le cœur du débat. Avoir le cœur gros. Le cri du cœur. Le cœur à rire. À cœur joie. Une affaire de cœur. L'intelligence du cœur. En avoir le cœur net. Un cœur d'or. Un bourreau des cœurs. Le cœur à l'ouvrage. Connaître par cœur, etc.

Art :

L'enfance de l'art. L'art abstrait. L'art figuratif. L'art de la guerre. Les arts décoratifs. Les beaux-arts. L'art du possible. Une œuvre d'art. *L'art de la fugue.* L'amour de l'art. « La critique est aisée et l'art est difficile » (Destouches). L'art pour l'art. Les arts plastiques. L'art de faire quelque chose. L'art et la manière. Du grand art. Les hommes de l'art. Les arts martiaux. L'art sacré. Les règles de l'art. Le Conservatoire des arts et métiers. Les arts ménagers. Un objet d'art. Le septième art. L'art baroque. Un métier d'art. L'art culinaire, etc.

Les verbes adéquats

Trop souvent, dans notre conversation, nous avons recours aux auxiliaires « être », « avoir », ou « faire », ce qui tend à appauvrir notre vocabulaire. Ces exercices ont pour fonction de nous habituer à plus de précision dans nos expressions, en faisant appel aux termes qui conviennent le mieux à certaines phrases.

★

Compléter :

Être engagé pour ... un travail.

Il faut ... avec son temps.

Il a ... un véritable empire.

Avant qu'il ait eu le temps ... un geste.

Une couturière ... une robe.

Il ne faut pas se ... aux apparences.

À beau ... qui vient de loin.

Il est ... sur ses grands chevaux.

Mieux vaut ... que courir.

Tout ce qui ... n'est pas or.

Réponses page 116

Les verbes adéquats

★★

Compléter :

Elle n'est pas ... à ses fins.

Il ... une vie dissolue.

On peut ... cette hypothèse.

La chance ... aux audacieux.

Je ... donc je suis.

Un avenir radieux ... à vous.

Ce crime a ... un grand émoi.

On doit savoir ... le pour et le contre.

Tout passe, tout lasse, tout...

Qui veut voyager loin ... sa monture.

Réponses page 116

Les verbes adéquats

★★★

Compléter :

Il a été ... à l'abandon.

Elle ... de malchance.

Malgré tout, je ... sur mes gardes.

Elle ... en sanglots.

Il en était réduit à ... des chèques sans provision.

Il faut savoir ... le destin.

Il ... son innocence.

Autant en ... le vent.

On n'est jamais ... que par les siens.

Réponses page 116

Les verbes adéquats

★★★★

Compléter :

Le cavalier fit ... un demi-tour à son cheval.

Rien ne vient ni confirmer ni ... ses propos.

Il a ... un complot pour prendre le pouvoir.

Je ne veux pas ... cette responsabilité.

Ce souvenir terrible ... mon esprit.

Un bon citoyen doit ... de ses impôts.

Il se ... en calomnies à mon égard.

Chaque heure blesse, la dernière...

Il n'est pire sourd que celui qui ne veut...

Laissons les morts ... les morts.

Réponses page 117

Réponses

★

Être engagé pour effectuer (réaliser) un travail.
Il faut vivre avec son temps.
Il a bâti (créé, édifié) un véritable empire.
Avant qu'il ait eu le temps d'esquisser un geste.
Une couturière confectionne une robe.
Il ne faut pas se fier aux apparences.
À beau mentir qui vient de loin.
Il est monté sur ses grands chevaux.
Mieux vaut tenir que courir.
Tout ce qui brille n'est pas or.

★★

Elle n'est pas parvenue à ses fins.
Il mène une vie dissolue.
On peut avancer (ou soutenir, risquer, émettre, hasarder) cette hypothèse.
La chance sourit aux audacieux.
Je pense donc je suis.
Un avenir radieux s'offre à vous.
Ce crime a suscité (causé) un grand émoi.
On doit savoir peser le pour et le contre.
Tout passe, tout lasse, tout casse.
Qui veut voyager loin ménage sa monture.

★★★

Il a été contraint à l'abandon.
Elle joue de malchance.
Malgré tout, je reste (demeure) sur mes gardes.
Elle éclate en sanglots.
Il en était réduit à émettre des chèques sans provision.

Il faut savoir affronter le destin.
Il clame (ou proteste de) son innocence.
Autant en emporte le vent.
On n'est jamais trahi que par les siens.

★★★★

Le cavalier fit exécuter un demi-tour à son cheval.
Rien ne vient ni confirmer ni infirmer ses propos.
Il a ourdi un complot pour prendre le pouvoir.
Je ne veux pas endosser (ou assumer) cette responsabilité.
Ce souvenir terrible hante mon esprit.
Un bon citoyen doit s'acquitter de ses impôts.
Il se répand en calomnies à mon égard.
Chaque heure blesse, la dernière tue.
Il n'est pire sourd que celui qui ne veut entendre.
Laissons les morts enterrer les morts.

Le sens de certains préfixes

Lorsqu'on se trouve en présence d'un mot dont on n'est pas certain de la signification, et faute d'un dictionnaire à sa portée, on peut faire appel à ces précieux indices que sont les préfixes. Ce sont des éléments souvent empruntés au latin ou au grec, que l'on trouve au début de certains mots, précédant le *radical* pour former un dérivé. Ils peuvent nous mettre sur la piste en attendant de vérifier le sens du mot. Exemple : *hémi* — qui signifie « moitié » se retrouve dans hémicycle (demi-cercle), hémiplégie (paralysie frappant une moitié latérale du corps), hémisphère (moitié de sphère), etc.

D'un point de vue strictement grammatical, tous les éléments qui précèdent un radical et jouent ce rôle ne portent pas le nom de préfixes, mais pour plus de commodité, nous les classerons parmi ceux-ci. Il en sera de même, nous le verrons, pour les suffixes.

Nous utiliseront les préfixes suivants :
— bi-
— super-
— contre-
— sous-
— mono-
— pré-
— anti-
— péri-
— sur-
— poly-
— ana-
— pan-

Le sens de certains préfixes

★

Trouver le maximum de mots utilisant le préfixe « bi- » qui signifie double :

Trouver le maximum de termes utilisant le préfixe « super- » qui signifie au-dessus et très fort :

Trouver le maximum de mots utilisant le préfixe « contre- » (et « contra- ») :

Réponses page 123

Le sens de certains préfixes

★★

Trouver le maximum de mots utilisant le préfixe « sous- » :

Trouver le maximum de termes utilisant le préfixe « mono- » qui signifie seul, unique :

Trouver le maximum de mots utilisant le préfixe « pré- » qui signifie devant, en avant, ou d'avance, au préalable :

Réponses page 123

Le sens de certains préfixes

★★★

Trouver le maximum de mots utilisant le préfixe « anti- » qui signifie contre :

Trouver le maximum de termes utilisant le préfixe « péri- » qui signifie autour :

Trouver le maximum de mots utilisant le préfixe « sur- » qui signifie au-dessus ou trop :

Réponses page 124

Le sens de certains préfixes

★★★★

Trouver le maximum de mots utilisant le préfixe « poly- » qui signifie plusieurs (ou nombreux) :

Trouver le maximum de termes utilisant le préfixe « ana- » qui signifie en arrière, en haut, à l'inverse de, en remontant (mais aussi parfois : de nouveau) :

Trouver le maximum de mots utilisant le préfixe « pan- » qui signifie total, universel :

Réponses page 124

Réponses

★

Bi- :

Biceps, bigame, bicarbonate, bicyclette, bicolore, binoculaire, bilingue, bicamérisme, bicéphale, bifurquer, bilatéral, bimestriel, bicorne, bipède, biréacteur, binocles, binôme, binaire, bisaïeuil, biscuit, biscotte, etc.

Super- :

Superlatif, supermarché, supercherie, superflu, superficie, superviser, supercarburant, supérieur, superproduction, superposer, supersonique, superstructure, superstition, etc.

Contre-, contra- :

Contraste, contravention, contrairement, contre-attaque, contraception, contrebande, contrecarrer, contredire, contre-feu, contre-jour, contre-offensive, contrepartie, contrepoids, contresens, etc.

★★

Sous- :

Sous-sol, sous-marin, sous-bois, souligner, sous-main, sous-jacent, sous-officier, sous-alimenté, sous-préfet, sous-cutané, sous-lieutenant, sous-entendu, sous-fifre, soussigné, sous-sol, soutane, souterrain, sous-estimer, sous-entendu, sous-commission, etc.

Mono- :

Monotone, monologue, monocle, monographie, monocoque, monôme, monoplace, monolithe, monopole, monocorde, etc.

Pré- :

Préavis, préhistoire, prédire, préalable, préambule, prélude, précaution, prédécesseur, préemption, précédé, précolombien, préconçu, prédestiné, préfabriqué, préjugé, prématuré, etc.

★★★

Anti- :

Antigel, anticlérical, anticancéreux, antibrouillard, antiaérien, antichar, antialcoolique, anticonformiste, antidémocratique, antinomique, antidépresseur, antipathie, antithèse, antidote, etc.

Péri- :

Péricarde, périmètre, périphérique, périnée, période, péripétie, périphrase, périple, périscope, péritoine, etc.

Sur- :

Surmonter, surabondant, suraigu, surajouter, surenchère, surcharge, suralimenté, suranné, surélevé, surcroît, surenchère, surestimer, etc.

★★★★

Poly- :

Polytechnique, polyvalent, polycopier, Polynésie, polychrome, polygone, polyglotte, polygame, polyphonie, etc.

Ana- :

Anagramme, anachronisme, anabaptiste, analgésique, anabolisme, anaphylaxie, etc.

Pan- :

Panacée, panafricain, panaméricain, panarabisme, pandémie, pangermanisme, panorama, panoramique, panthéisme, panthéon, etc.

Le sens de certains suffixes

Au même titre que les préfixes, les suffixes sont utiles si l'on veut connaître le sens d'un terme nouveau ou dont on n'est pas certain de la signification, avant de faire appel à un dictionnaire.

Placés après le radical de certains mots, ils proviennent souvent, comme les préfixes, du latin ou du grec.

Là encore, certains éléments (comme *mètre*), jouant le rôle de suffixes, seront désignés sous ce terme.

Nous utiliseront les suffixes suivants :

— -scope
— -mètre
— -phone
— -logie
— -cratie
— -aille
— -graphie
— -pathie
— -lyse
— -isme
— -oïde
— -et

Le sens de certains suffixes

★

Trouver le maximum de mots utilisant le suffixe « -scope », qui indique qu'on se trouve dans le domaine de la vision, de l'observation. Ce suffixe peut aussi prendre la forme de « -scopie » ou « -scopique » selon qu'il est utilisé dans un nom ou un adjectif :

Trouver le maximum de termes utilisant le suffixe « -mètre » (et « -métrie » ou « -métrique ») qui signifie mesure :

Trouver le maximum de mots utilisant le suffixe « -phone » et « -phono », « -phonie ») indiquant qu'on est dans le domaine de la voix ou plus généralement du son :

Réponses page 130

Le sens de certains suffixes

★★

Trouver le maximum de mots utilisant le suffixe « -logie » qui signifie connaissance, enseignement ou méthode. Ce suffixe peut aussi prendre la forme de « -logue », « -logisme », « -logique » ou encore « -logiste » selon qu'il est utilisé dans un nom ou un adjectif :

Trouver le maximum de termes utilisant le suffixe « -cratie » (et « -crate ») qui signifie force, puissance, pouvoir :

Trouver le maximum de mots utilisant le suffixe « -aille », qui donne un sens péjoratif ou réducteur à un mot :

Réponses page 130

Le sens de certains suffixes

★★★

Trouver le maximum de mots utilisant le suffixe « -graphie » qui signifie écriture et plus généralement désigne divers procédés d'enregistrement. Ce suffixe peut aussi prendre la forme de « -graphique » ou « -graphe », selon qu'il est utilisé dans un nom ou un adjectif :

Trouver le maximum de termes utilisant le suffixe « -pathie » et « -pathe » qui signifie souffrance, douleur :

Trouver le maximum de mots utilisant le suffixe « -lyse », « -lysie », « -lyste », terme technique qui signifie solution ou dissolution :

Réponses page 131

Le sens de certains suffixes

★★★★

Trouver le maximum de mots utilisant le suffixe « -isme » qui indique une doctrine, une profession ou un système. Ce suffixe peut aussi prendre la forme de « -iste » ou « -istique » selon qu'il est utilisé dans un nom ou un adjectif :

Trouver le maximum de termes utilisant le suffixe « -oïde » ou « -oïde », « -oïdal » qui signifie semblable à, ressemblant à :

Trouver le maximum de mots utilisant le suffixe « -et » et « -ette » qui a un sens diminutif (jardinet à la place de jardin, par exemple) :

Réponses page 131

Réponses

★

-scope :

Horoscope, télescopie, périscope, radioscopie, télescope, caméscope, microscope, fibroscopie, stéthoscope, Futuroscope, cinémascope, endoscopie, etc.

-mètre :

Décamètre, décimètre, chronomètre, anémomètre, géomètre, géométrie, long métrage, court métrage, etc.

-phone :

Aphone, cacophonie, saxophone, radiophonique, interphone, mégaphone, téléphone, dictaphone, symphonie, polyphonie, etc.

★★

-logie (etc.) :

Géologie, œnologie, analogie, gérontologie, météorologie, étymologie, psychologie, illogique, posologie, dialogue, trilogie, épistémologie, technologie, prologue, homologue, biologie, généalogie, épilogue, décalogue, etc.

-cratie :

Aristocratie, autocratie, démocratie, démocratique, ploutocratie, gérontocratie, etc.

-aille :

Rocaille, mangeaille, canaille, marmaille, ripaille, muraille, broussaille, grisaille, valetaille, piétaille, ferraille, etc.

★★★

-graphie :
Télégraphie, calligraphie, photographie, démographie, sismographie, biographie, radiographie, sérigraphie, géographie, échographie, cinématographique, graphisme, etc.

-pathie :
Homéopathie, allopathie, antipathie, apathie, névropathie, etc.

-lyse :
Dyalise, électrolyse, pyrolyse, paralysie, analyse, analytique, psychanalyse, etc.

★★★★

-isme :
Socialisme, syndicalisme, dirigisme, violoniste, trompettiste, organisme, fauvisme, fédéralisme, attentisme, gaullisme, existentialisme, pacifisme, capitalisme, despotisme, organisme, patriotisme, etc.

-oïde :
Bizarroïde, ovoïde, astéroïde, hélicoïdal, anthropoïde, sinusoïde, etc.

-et :
Fleurette, livret, grisette, fillette, sonnette, simplet, roitelet, chansonnette, languette, banquette, dînette, opérette, jupette, etc.

Quelques néologismes

Toute langue parlée est vivante, autrement dit changeante.

Certains mots ou certaines significations de mots considérés comme désuets sont peu à peu oubliés. D'autres, au contraire, apparaissent et entrent dans l'usage courant, ou encore ne font qu'un bref passage avant de disparaître.

Qu'il s'agisse de mots nouveaux ou de mots déjà connus mais dotés d'un sens renouvelé, on les appelle des néologismes.

Même si on les juge parfois un peu barbares, ne serait-ce que parce que beaucoup proviennent du langage anglo-saxon, ils sont utiles à connaître si l'on ne veut pas être distancé par le langage et se sentir dépossédé de son autonomie.

Quelques pages seront ensuite consacrées au vocabulaire de l'informatique.

Quelques néologismes

★

Quel sens donner aux mots :

Alcoolémie

Décodeur

Énarque

Leasing

Manga

Zapping

Aoûtien

Attaché-case

Baladeur

Ferroutage

Réponses page 137

Quelques néologismes

★★

Quel sens donner aux mots :

Narcodollars

Pétrodollars

Marketing

Prompteur

Fiable

Applaudimètre

Aquaplaning

Audimat

Ado

Train pendulaire

Réponses page 138

Quelques néologismes

★★★

Quel sens donner aux mots :

Migrant

Relooker

Machisme

Péritel

Bobo

Gourou

Rai

CD

DVD

Interactif

Réponses page 139

Quelques néologismes

★★★★

Quel sens donner aux mots :

Érémiste

Massifier

Surfer

Supranationalité

Jeune pousse

Ergonomie

Pitch

Installation

Addiction

Traçabilité

Réponses page 141

Réponses

★

Alcoolémie :
Taux d'alcool dans le sang.

Décodeur :
Appareil destiné à rendre lisibles et audibles des images de télévision émises ou transmises de façon codée.

Énarque :
Ancien élève de l'ENA (École nationale d'administration). Cette institution ne délivre pas de diplôme.

Leasing :
Achat d'un bien par le système de la location-vente.

Manga :
Bande dessinée japonaise, faisant aussi l'objet de dessins d'animation et de jeux vidéo.

Zapping :
Désigne le fait de passer très fréquemment et très rapidement d'une chaîne de télévision à l'autre.

Aoûtien :
Personne prenant ses vacances au mois d'août.

Attaché-case :
Mallette plate et rigide utilisée pour transporter des dossiers.

Baladeur :
Forme française du terme *walkman*. Appareil portable de lecture de cassette ou de CD audio, relié aux oreilles par de petits écouteurs.

Ferroutage :
Système consistant à placer des camions sur des wagons de marchandises spéciaux, afin de leur faire parcourir certaines distances en évitant ainsi l'encombrement des routes.

★★

Narcodollars :
Dollars gagnés grâce au trafic de drogue.

Pétrodollars :
Dollars dégagés par l'exploitation des puits de pétrole, principalement dans les pays arabes.

Marketing :
Stratégie commerciale prenant en considération le goût et la demande des consommateurs.

Prompteur :
Texte défilant devant un présentateur de télévision, destiné à être lu à l'antenne ou à servir de « conducteur » à une émission.

Fiable :
Désigne tout ce qui possède (ou est supposé posséder) une efficacité certaine.

Applaudimètre :
Procédé destiné à mesurer le volume sonore des applaudissements pendant une émission de télévision ou de radio, et donc son succès.

Aquaplaning (ou aqua-planing) :
Formation d'une pellicule d'eau sur une chaussée, entre le sol et les pneus d'une voiture, entraînant son dérapage.

Audimat :
Appareil déterminant le nombre de personnes qui, à un moment donné, regardent une émission de télévision. Il sert à mesurer la popularité (le « taux d'audience ») de cette émission.

Ado :
Abréviation du mot adolescent[1].

Train pendulaire :
Train dont le plancher des voitures s'incline dans les courbes, ce qui permet d'accroître la vitesse, en utilisant les écartements de voie classiques, à la différence du TGV (dont une version pendulaire est à l'étude).

★★★

Migrant :
Personne souvent originaire d'un pays en voie de développement, qui se rend (légalement ou illégalement) dans un autre, afin d'y trouver un emploi.

Relooker :
Donner un nouveau « look », c'est-à-dire une nouvelle apparence, jugée plus esthétique, à une personne ou un objet.

Machisme :
Comportement masculin faisant preuve d'un culte de la virilité considéré comme envahissant ou insupportable.

---

1. Le fait de supprimer la fin d'un mot pour en constituer un nouveau (télé pour télévision) porte le nom savant d'*apocope*. Inversement, la suppression du début d'un mot pour en créer un nouveau (bus pour autobus) porte le nom non moins savant d'*aphérèse*.

Péritel :
Câble à broches multiples reliant entre eux un magnétoscope, un poste de télévision, un caméscope, etc.

Bobo :
Abréviation de « bourgeois bohème ».

Gourou (ou guru) :
Terme adapté du sanscrit, désignant à l'origine un maître à penser puis, plus généralement, une personne dont l'enseignement philosophique est dispensé à des disciples.

Raï :
Musique née à Oran au début du XXe siècle, modifiée à partir des années cinquante, sous l'influence du rock et du rap, par l'introduction de rythmes et d'instruments modernes.

CD (compact disc) :
Disque numérique imprimé puis déchiffré par un système laser, qui offre l'avantage sur les disques classiques (dits « vinyles ») de posséder une plus grande capacité d'enregistrement et de n'entraîner aucun frottement lors de leur lecture. On peut également enregistrer des sons sur disques CD vierges. Les CD interactifs (voir plus loin) portent le nom de CD-Rom. Ceux-ci peuvent également contenir des images.

DVD (digital versatile disc) :
Disque numérique polyvalent, pouvant contenir des sons et/ou des images, en particulier des films du commerce, souvent accompagnés de leur « making of » (la façon dont ils ont été réalisés), d'éléments biographiques sur les acteurs et les réalisateurs, de scènes particulières, etc. Un DVD est déchiffré par un lecteur spécial, relié à un poste de télévision ou à un ordinateur, ou interne à l'ordinateur.

Interactif :

D'une façon très générale, ce terme désigne un support (CD-Rom, DVD, site Internet ou émission de télévision) qui permet à l'utilisateur, par l'entremise d'une télécommande (ou d'une console), d'intervenir en opérant des choix sur les programmes qu'on lui propose, de modifier un scénario à son gré, etc. Les jeux vidéo sont, par nature, interactifs.

★★★★

Érémiste :

Personne touchant le RMI (revenu minimum d'insertion).

Massifier :

Considérer un groupe humain comme s'il formait une masse anonyme.

Surfer :

À l'origine, pratique du surf-board. Passer rapidement, en les effleurant, sur des sujets comme sur la crête d'une vague. On dit aussi « surfer sur le Web ».

Supranationalité :

Thèse selon laquelle les organismes européens devraient prendre le pas sur un grand nombre d'institutions nationales des pays membres.

Jeune pousse :

Traduction française de *start-up*, petite société spécialisée dans l'électronique et liée à l'Internet, démarrant avec un capital réduit et promise à une très rapide réussite commerciale.

Ergonomie :

Recherche de la meilleure adaptation d'un outil ou d'un objet à la personne qui l'utilise, de manière à en améliorer le rendement ou à en faciliter l'usage.

Pitch :

Bref résumé de l'intrigue d'un roman, d'une pièce de théâtre, d'une série de télévision, etc. À partir de ce mot a été créé un autre néologisme, le verbe *pitcher*. On pourrait avantageusement remplacer pitch par : sujet, intrigue ou, plus simplement encore, résumé.

Installation :

Œuvre artistique se présentant sous la forme d'un assemblage d'objets ou de matériaux.

Addiction :

Usage de drogues (alcool, tabac, stupéfiants, psychotropes) suscitant à la fois du plaisir et l'empêchement ou l'atténuation des sensations de malaise interne, ce qui entraîne chez l'utilisateur l'impossibilité de contrôler seul son comportement, même en connaissant les conséquences néfastes que celui-ci peut entraîner.

Traçabilité :

Marquage ou étiquetage d'un produit (en général alimentaire) permettant de connaître son origine et l'itinéraire parcouru jusqu'à sa mise sur le marché.

Quelques termes du vocabulaire de l'informatique et d'Internet

Toute nouvelle technologie suscite son propre vocabulaire, soit en faisant appel à des termes déjà existants, à qui elle attribue un sens nouveau, soit en faisant appel à des mots inédits.

Si nous voulons accéder dans de bonnes conditions à l'univers de l'informatique et d'Internet, qui occupe une place de plus en plus grande dans notre vie quotidienne, nous devons d'abord nous familiariser avec son vocabulaire.

Nous pouvons soit procéder par associations d'idées à partir des mots déjà existants (menu, dossier, corbeille, etc.), soit fixer dans notre esprit et notre mémoire les termes inédits, généralement importés des États-Unis.

Bien entendu, il ne s'agit pas ici de se familiariser avec TOUT ce vocabulaire, du reste en perpétuelle évolution, mais avec certains termes entrés dans l'usage courant.

Deux sortes d'applications sont donc proposées, étant bien entendu que l'on pourra passer de l'une à l'autre selon son choix et ses connaissances antérieures.

Quelques termes du vocabulaire de l'informatique et d'Internet

★

Pouvez-vous imaginer la signification des mots :

Bannière

Bureau

Corbeille

Couper, copier, coller

Dossier

Forum de discussion

Icône

Mémoire

Menu

Navigateur

Portail

Sauvegarder

Sélectionner

Souris

Réponses page 146

Quelques termes du vocabulaire de l'informatique et d'Internet

★★

Connaissez-vous la signification des mots :

Arobase

Bogue

E-mail

Fournisseur d'accès

Hacker

Logiciel

Modem

Moteur de recherche

Page d'accueil

Périphériques

Scanner

Web

Webcam

Réponses page 147

Réponses

★

Bannière :

Page publicitaire s'affichant sur l'écran d'Internet et servant à financer un site. Si certaines peuvent avoir un rapport avec le site que l'on consulte, d'autres surgissent sans aucun lien avec lui.

Bureau :

Contenu général de l'ordinateur, qui s'affiche sur l'écran.

Corbeille :

Zone du bureau destinée à recevoir des éléments dont on veut, à court ou long terme, se débarrasser. C'est pourquoi l'icône qui la représente figure souvent une corbeille à papier.

Couper, copier, coller :

Opérations de montage partant du même principe que l'utilisation de colle et de ciseaux.

Dossier :

Éléments contenant des pièces diverses, elles-mêmes appelées fichiers. Mais un dossier peut aussi se subdiviser en d'autres dossiers.

Forum de discussion :

Espace où les utilisateurs d'Internet (ou « internautes ») envoient des messages et discutent. La conversation, appelée *chat*, fait souvent appel à une série d'abréviations ou *acronymes* destinés à maintenir un rythme d'échange rapide.

Icône :

Petit symbole imagé représentant un élément (fichier, dossier, logiciel, zip, etc.). Pour en connaître le contenu, on « clique » avec la souris ou l'on utilise une touche du clavier.

Mémoire :
Dispositif stockant des informations et les restituant à la demande.

Menu :
Liste des options offertes par un programme, où l'on fait son choix, un peu comme avec un menu au restaurant...

Navigateur :
Sur Internet, dispositif permettant de trouver son chemin (on dit aussi « surfer ») dans l'amas considérable de données qui sont proposées.

Portail :
Page d'accueil sur Internet, offrant un ensemble de fonctions et de services.

Sauvegarder :
Opération de sécurité consistant à transférer des données de l'ordinateur sur un support extérieur (disquette, CD, Zip, etc.), ce qui permettra, en cas de panne, d'avoir à sa disposition une précieuse copie.

Sélectionner :
Choisir l'élément (phrase, fonction, etc.) sur lequel on va ensuite travailler.

Souris :
Petit boîtier (dont la forme peut évoquer une souris) commandant le déplacement d'un curseur sur l'écran.

★★

Arobase (ou arobas) :
Signe typographique utilisé dans les e-mails pour séparer le nom de l'utilisateur de celui de son serveur. Il indique une sorte de domiciliation.

Bogue (ou bug) :
Erreur dans une programmation due à une mauvaise manipulation ou un virus et entraînant des anomalies de fonctionnement.

E-mail (ou mail) :
Courrier électronique permettant d'échanger des textes ou des représentations graphiques à travers le globe, chaque correspondant possédant une adresse spécifique.

Fournisseur d'accès :
On ne peut accéder à Internet qu'en s'abonnant à un fournisseur d'accès, qui propose également divers services.

Hacker :
Personne qui, grâce à ses dons et ses connaissances techniques, réussit à s'introduire dans les systèmes informatiques « sensibles » (sites industriels, armée, etc.). Certains hackers agissent par passion, avec la seule volonté de mettre en évidence les failles des systèmes auxquels ils s'attaquent — et sont même quelquefois engagés par des firmes pour les aider à protéger leurs banques de données. D'autres hackers, appelés aussi « crackers », ne visant que le profit, pratiquent le « piratage informatique », par exemple en vidant des comptes en banque, etc.

Logiciel (software) :
Programme de fonctionnement d'un ordinateur. Certains régissent simplement le système d'exploitation, d'autres sont consacrés à des tâches spécifiques (traitement de texte, comptabilité, dessin, etc.).

Modem :
Dispositif assurant la transmission de données par l'intermédiaire d'une ligne téléphonique. Il permet de s'adresser à une banque de données ou à un autre ordinateur.

Moteur de recherche :

Programme dont le rôle est d'effectuer des recherches précises et rapides pour « dénicher », parmi les centaines de milliers de sites répartis sur le Web, l'information demandée par l'utilisateur. Encore faut-il que celui-ci sache la formuler en termes très précis. Chaque moteur de recherche possède sa propre méthode de formulation des requêtes.

Page d'accueil :

Première page d'un service apparaissant sur l'écran et donnant un bref aperçu des options proposées.

Périphériques :

Appareils dont le fonctionnement est lié à l'ordinateur (imprimante, graveur CD, scanner, webcam, etc.).

Scanner :

Appareil qui analyse un document (texte, image) et le convertit en données numériques que l'on peut transmettre à un ordinateur. Ces données permettent de reconstituer le document d'origine, sur lequel on pourra travailler.

Web :

C'est ce qu'on appelle en français la « Toile ». Souvent, elle est confondue avec Internet, alors que cette masse d'éléments multimédia ne représente qu'un des aspects d'Internet, qui propose en outre le courrier, les forums de discussion, etc.

Webcam :

Petite caméra vidéo grâce à laquelle les internautes transmettent à d'autres utilisateurs des images (en particulier d'eux-mêmes...) en direct et en continu.

Quelques exemples... à ne pas suivre

Pour s'exprimer avec justesse, il n'est pas inutile de connaître les erreurs de langage qui sont le plus souvent commises et qu'il est préférable d'éviter.

Il s'agit soit de pléonasmes, c'est-à-dire de répétitions, dans une même phrase, de mots ayant un sens identique, soit plus généralement de fautes de français ou de redondances. J'ai choisi les plus fréquentes.

Quelques pages seront aussi consacrées à de petites améliorations de votre correspondance.

Si, souvent, on vous apprécie sur ce que vous dites, on vous juge aussi sur ce que vous écrivez. Avec cette différence que les paroles s'envolent alors que les écrits restent... et qu'il vaut mieux éviter certaines erreurs qui risqueraient de vous faire passer pour une personne incapable de s'exprimer correctement. On sait aussi le poids que pèse l'écrit dans la recherche d'un travail...

Quelques exemples... à ne pas suivre

★

En quoi ces expressions sont-elles incorrectes ou maladroites ?

— Il monte en haut.

— Je prévois à l'avance.

— Au jour d'aujourd'hui.

— J'ai été obligé, malgré moi, de partir.

— Je descends en bas.

— C'était un cruel dilemme.

— Et les voilà contraints de marcher à pied.

— Incessamment sous peu.

— C'est la panacée universelle.

— J'ai des ennuis pécuniers.

— Quant à moi, personnellement...

Réponses page 155

Quelques exemples... à ne pas suivre

★★

En quoi ces expressions sont-elles incorrectes ou maladroites ?

— En définitif, ma réponse est négative.

— Ajoutons en plus que...

— Les hommes doivent apprendre à s'entraider mutuellement.

— Nous avons convenu d'un rendez-vous.

— On se base sur des considérations obsolètes.

— Elle a mis au monde deux jumeaux.

— On se perd en conjonctures.

— Comme par exemple.

— Solutionner un problème.

— Le système pénitencier.

Réponses page 156

Quelques exemples... à ne pas suivre

★★★

En quoi ces expressions sont-elles incorrectes ou maladroites ?

— Il ne lui restait qu'une seule alternative : fuir.

— Cette société avait le monopole exclusif du marché.

— C'était une véritable hémorragie de sang.

— Ils étaient trois au grand maximum.

— J'habite une petite maisonnette.

— Selon le plan initialement prévu.

— C'est lui qui a gagné : il a tiré les marrons du feu.

— Le travail a été totalement achevé.

— Il a obtenu la plus grosse moitié.

— Vous n'êtes pas sans ignorer que...

— Je ne m'en rappelle pas.

Réponses page 157

Quelques exemples... à ne pas suivre

★★★★

En quoi ces expressions sont-elles incorrectes ou maladroites ?

— Nous avons commis une erreur involontaire.

— Cette mesure a été entièrement abolie.

— Un hasard imprévu est intervenu.

— Ils sont en danger, placés dans l'œil du cyclone.

— Bonjour, mon cher monsieur.

— Je m'excuse, mais je ne suis pas d'accord.

— En une heure de temps, tout a été réparé.

— Si l'on s'en tient à la topographie des lieux.

— Supporter une équipe sportive.

— Une soi-disant difficulté.

— La candidate numéro une.

Réponses page 158

Réponses

★

— *Il monte en haut* : si l'on monte, c'est forcément vers le haut. (Mieux vaut dire : *il monte.*)

— *Je prévois à l'avance* : par définition, les prévisions précèdent un événement et sont donc formulées à l'avance. (Il vaut mieux dire : *je prévois.*)

— *Au jour d'aujourd'hui* : le mot aujourd'hui contient déjà le mot *jour.* On répète donc inutilement le même terme. (On préférera : *aujourd'hui,* ou *à ce jour.*)

— *J'ai été obligé, malgré moi, de partir* : si l'on est obligé, c'est malgré soi... (*J'ai été obligé de partir* est plus correct.)

— *Je descends en bas* : si l'on descend, c'est forcément vers le bas. (*Je descends,* ou *je vais en bas* sont préférables.)

— *C'était un cruel dilemne* : incorrection. (Le terme exact est *dilemme.*)

— *Et les voilà contraints de marcher à pied* : si l'on marche, c'est forcément à pied. (Il est préférable de dire : *et les voilà contraints de marcher,* ou *de se déplacer à pied.*)

— *Incessamment sous peu* : pléonasme, les deux termes ayant le même sens. (*Incessamment* ou *sous peu* s'appliquent mieux.)

— *C'est la panacée universelle* : dans le mot panacée, le préfixe *pan* signifie universel. C'est donc un pléonasme. (On pourra dire : *c'est la panacée* ou *c'est le remède universel.*)

— *J'ai des ennuis pécuniers* : le terme *pécunier* n'existe pas dans la langue française. (On dira : *j'ai des ennuis pécuniaires* ou *des soucis d'argent*.)

— *Quant à moi, personnellement* : formulation aussi lourde que « quant à moi, en ce qui me concerne ». On évitera ces surcharges inutiles.

★★

— *En définitif, ma réponse est négative* : incorrection. (On dit *en définitive*.)

— *Ajoutons en plus que...* : si l'on ajoute, c'est forcément « en plus » ... (Mieux vaut dire : *ajoutons* ou *notons de plus*.)

— *Les hommes doivent apprendre à s'entraider mutuellement* : le mot « mutuellement » contient déjà l'idée de l'entraide. (Il vaut mieux dire : *les hommes doivent apprendre à s'entraider* ou *se rendre mutuellement service*.)

— *Nous avons convenu d'un rendez-vous* : l'expression est incorrecte. (On doit dire : *nous sommes convenus d'un rendez-vous* ou *nous nous sommes donné (fixé un) rendez-vous*.)

— *On se base sur des considérations obsolètes* : l'expression « se baser sur » est incorrecte. (*On se fonde sur* est la forme qui convient.)

— *Elle a mis au monde deux jumeaux* : les jumeaux sont par définition au nombre de deux. (*Elle a mis au monde des jumeaux* est d'un meilleur usage.)

— *On se perd en conjonctures* : tournure incorrecte. (On dit : *on se perd en conjectures*.)

— *Comme par exemple* : les deux termes « comme » et « par exemple » ayant le même sens, il faut en choisir un.

— *Solutionner un problème* : le terme « solutionner » est un néologisme peu apprécié des puristes, qui considèrent qu'il suffit simplement d'écrire : *résoudre un problème, trouver la solution d'un problème.*

— *Le système pénitencier* : un pénitencier est un nom, désignant une prison ou une maison d'arrêt. L'adjectif à utiliser est : *pénitentiaire*. (On doit donc dire : le système pénitentiaire.)

★★★

— *Il ne lui restait qu'une seule alternative : fuir.* Le mot alternative signifie qu'il y a deux possibilités, et non pas une seule. (On préférera : *il ne lui restait qu'une seule possibilité, fuir* ; ou encore : *il n'avait qu'une seule alternative, demeurer sur place ou fuir.*)

— *Cette société avait le monopole exclusif du marché* : par définition, un monopole est exclusif. (On écrira : *le monopole* ou *l'exclusivité.*)

— *C'était une véritable hémorragie de sang* : le terme hémorragie signifie perte de sang. C'est donc un pléonasme. Il vaut mieux dire : *c'était une véritable hémorragie* ou *c'était une véritable effusion de sang.*)

— *Ils étaient trois au grand maximum* : le « petit maximum » ou le « grand maximum » n'existent pas. « Maximum » est une notion absolue. (*Ils étaient trois au maximum* ou *trois tout au plus* sont d'un meilleur usage.)

— *J'habite une petite maisonnette* : une maisonnette est déjà, par définition, une petite maison. (On dira : *j'habite une maisonnette* ou *une petite maison.*)

— *Selon le plan initialement prévu* : s'il a été prévu, c'est forcément initialement, c'est-à-dire avant son exécution. (Il vaut mieux dire : *selon le plan initial* ou *selon le plan prévu*.)

— *C'est lui qui a gagné : il a tiré les marrons du feu.* Tirer les marrons du feu, c'est au contraire prendre un risque qui profitera à quelqu'un d'autre. Cette expression a pour origine une fable de La Fontaine, « Le singe et le rat ».

— *Le travail a été totalement achevé* : achever un travail, c'est étymologiquement le mener à bonne fin, c'est-à-dire le réaliser totalement. Il s'agit donc d'un pléonasme. (Il convient de dire : *ce travail a été achevé* ou *totalement exécuté*.)

— *Il a obtenu la plus grosse moitié* : par définition, deux moitiés sont égales. (On préférera : *la plus grosse part*.)

— *Vous n'êtes pas sans ignorer que...* : l'expression « n'être pas sans », double négation, équivaut à une affirmation. Autrement dit, la phrase signifie : vous ignorez que. (La tournure correcte est : *Vous n'êtes pas sans savoir que...*)

— *Je ne m'en rappelle pas* : le verbe rappeler ou se rappeler est transitif (« Je me rappelle cette belle époque »). S'en rappeler est donc incorrect et on dira : *Je ne m'en souviens pas.*

★★★★

— *Nous avons commis une erreur involontaire* : une erreur est, par essence, involontaire. (Il vaut mieux dire : *nous avons commis une erreur* ou *nous nous sommes trompés* ou *nous avons mal agi involontairement*.)

— *Cette mesure a été entièrement abolie* : une abolition est, par définition, une suppression entière et définitive. (Mieux vaut dire : *cette mesure a été abolie* ou *totalement supprimée.)*

— *Un hasard imprévu est intervenu* : si un hasard était prévu, il ne serait plus un hasard... (*Un événement imprévu — ou imprévisible — est intervenu*, ou *un hasard est intervenu* sont corrects.)

— *Ils sont en danger, placés dans l'œil du cyclone* : c'est une erreur de sens. Par nature, dans un cyclone, l'œil, c'est-à-dire le centre de rotation, est la zone la plus sûre.

— *Bonjour, mon cher monsieur* : le mot monsieur contient déjà le terme « mon ». (On dira : *bonjour, cher monsieur.*) Il en est de même pour « ma chère madame » ou « ma chère mademoiselle », également à éviter.

— *Je m'excuse, mais je ne suis pas d'accord* : on n'a pas à s'excuser soi-même, c'est aux autres de le faire. (Les formes correctes sont : *excusez-moi* ou *je vous prie de m'excuser.*)

— *En une heure de temps, tout a été réparé* : une heure étant en soi une mesure de temps, il s'agit donc d'un pléonasme. (*En une heure* est plus correct.)

— *Si l'on s'en tient à la topographie des lieux* : le mot topographie contient déjà le terme lieu *(topo)* . Il s'agit donc d'un pléonasme. (Il vaut mieux dire : *si l'on s'en tient à la topographie* ou *si l'on s'en tient à la configuration des lieux.*)

— *Supporter une équipe sportive* : Il s'agit d'un néologisme, tiré de l'anglais *to support* qui a donné *supporter*, terme adopté dans notre langue (mais on dit aussi supporteur). Le problème est que le verbe supporter est détourné de son sens habituel, ce qui peut provoquer des confusions. (Mieux vaut dire : *soutenir, encourager une équipe sportive.*)

— *Une soi-disant difficulté* : le terme soi-disant implique que quelque chose a été dit ou affirmé. Il ne concerne donc que les êtres humains — une difficulté ne parle pas. (*Une prétendue, une supposée difficulté* sont préférables.)

— *La candidate numéro une* : le mot numéro étant masculin, on doit dire : la candidate numéro un (ou la première candidate).

Votre correspondance

Lorsque vous rédigez une lettre, prenez soin d'inscrire votre nom, votre adresse et votre numéro de téléphone (et de fax, voire d'e-mail) dans la partie supérieure gauche, qu'on appelle l'*en-tête*.

Si votre correspondant est déjà en possession de ces données, votre nom seul suffira, mais il est indispensable. Inutile de l'obliger à déchiffrer votre signature pour savoir qui vous êtes.

En revanche, s'il s'agit d'un familier ou de quelqu'un avec qui vous entretenez des relations d'amitié, l'indication de votre nom sera inutile.

En général, on ne mentionne pas le nom de la personne à qui l'on s'adresse sur la partie droite faisant face à l'en-tête, puisqu'elle figure déjà sur l'enveloppe, sauf s'il s'agit d'un courrier commercial ou administratif, auquel cas cette mention est indispensable.

Datez votre lettre, ce qui constitue souvent un précieux point de repère. La façon dont vous vous adressez à votre correspondant, au début de votre lettre, s'intitule l'*appel*.

Celui-ci obéit à un certain nombre de règles :

— Les termes de l'appel doivent impérativement être repris au cours du texte ou dans les *salutations* (les formules destinées à prendre congé). On ne doit pas commencer une lettre par « Cher ami », pour le transformer en « cher Monsieur » dans le corps de la lettre et terminer par « Monsieur » dans les salutations.

— Il y a peu d'années encore, en cas de doute sur le sexe du destinataire, il était d'usage d'employer systématiquement le terme « Monsieur ». Les usages tendent à changer et l'on préfère écrire « Madame, Monsieur ». Cela oblige à reprendre ces termes tout au long de la lettre et à accorder tous les adjectifs au masculin et au féminin (« vous êtes intéressé (e) ou prévenu (e), etc. »).

Voilà qui peut constituer un excellent exercice de grammaire...

— On ne doit jamais abréger les termes de l'appel. « Cher M. » ou « Chère Mme » sont incorrects. « Mon cher Monsieur », « ma chère Madame » ou « ma chère Mademoiselle » constituent, on le sait, des pléonasmes et sont aussi à proscrire.

— Le patronyme (nom de famille) est à éviter : « Cher Monsieur Durand » est très lourd et pour le moins maladroit.

— Le terme « cher » ne doit pas être employé inconsidérément. Présupposant des liens privilégiés, il est à éviter dans le cas d'un courrier professionnel ou administratif. « Chère Madame la Directrice » ou « Chère Directrice » serait incongru... Il en est de même des termes « ami », « mon ami » ou « cher ami », qu'il faut réserver aux personnes avec qui, effectivement, vous entretenez des liens d'amitié...

Les salutations, comme l'appel, obéissent à un certain nombre de règles :

— Les termes précis de l'appel doivent être de nouveau utilisés.

— Mieux vaut éviter d'employer l'impératif (« Recevez », « Agréez ») au profit des expressions comme : « Je vous prie de recevoir », « Je vous prie d'agréer ». En général, on « reçoit l'assurance de... » et on « agrée l'expression de... ».

— Sauf cas particulier, il est préférable de ne pas donner l'impression, à la fin de sa lettre, de mettre en demeure son correspondant, en utilisant des phrases comme : « Dans l'attente de votre réponse... »

— L'épouse ou le mari du destinataire ou de la destinataire, dont on veut se rappeler au bon souvenir ou à qui l'on veut faire transmettre ses hommages, ne doit pas être désigné par « votre femme », « votre épouse », « votre dame » ou « votre mari », « votre époux » mais par Monsieur ou Madame suivi du patronyme.

Si une amitié vous lie, le prénom seul suffira.

— Enfin, pour ce qui est de la signature, elle ne doit jamais comporter les mentions « Monsieur », « M. » ou « Madame », « Mme » ou « Mademoiselle », « Mlle ». On ne fait pas non plus figurer en toutes lettres son prénom. En revanche, on peut signer de son seul prénom lorsqu'on écrit à des familiers ou des intimes.

Quelques « curiosités »

Sous ces termes un peu insolites de « curiosités », j'ai trouvé intéressant de citer quelques expressions de la langue française dont l'étymologie est curieuse ou surprenante.

Savez-vous pourquoi on dit :

— Marcher sur les brisées de quelqu'un.

— Un magasin bien achalandé.

— Un remède de bonne femme.

— Limoger un général.

— Avoir des scrupules.

— Faire grève.

— Il y a belle lurette.

— Caviarder.

Réponses page 166

Quelques « curiosités »

Savez-vous quelle est l'origine des mots :

Alcool	Banqueroute	Bar
Baragouiner	Belote	Bigot
Blablabla	Blackboulé	Bougie
Brigand	Calepin	Calvaire
Carambolage	Charabia	Émeute
Étonné	Ghetto	Gitan
Godillot	Guillotine	Haricot de mouton
Jeans	Jeep	Lobby
Mansarde	Masochisme	Palais
Panique	Pantalon	Paparazzi
Pasionaria	Pêche Melba	Poubelle
Praline	Prolétaire	Renard
Rocambolesque	Scandale	Snob

Réponses page 167

Réponses

Marcher sur les brisées de quelqu'un :

Les veneurs qui organisent une chasse à courre brisent d'une certaine façon des branchages, pour indiquer le trajet suivi par le gibier.

Par extension, marcher sur les brisées de quelqu'un, c'est entrer en concurrence avec lui en empruntant la voie qu'il a déjà tracée.

En revanche, suivre les brisées de quelqu'un, c'est agir à son exemple, en suivant sa trace.

Un magasin bien achalandé :

Désignait autrefois un magasin possédant beaucoup de chalands, c'est-à-dire de clients fidèles.

Un remède de bonne femme :

« Bonne femme » vient d'une déformation de l'ancien « bonne fame », qui signifiait bonne réputation.

Limoger un général :

Pendant la Première Guerre mondiale, Joffre se séparait des officiers jugés incapables en les envoyant en résidence… à Limoges. L'expression s'est constituée depuis.

Avoir des scrupules :

Chez les Romains, le mot scrupule, *scrupulus*, désignait une petite pierre pointue, qui s'introduisait dans la chaussure.

Au fil du temps le terme a pris une connotation plus abstraite.

Faire grève :

C'est sur la place de Grève, à Paris, que se réunissaient les ouvriers sans travail.

Par extension, faire grève a signifié cesser volontairement de travailler.

Il y a belle lurette :

C'est une déformation de l'ancienne expression « il y a belle heurette » qui signifiait : il y a une belle petite heure. L'expression a pris le sens, depuis la fin du XIXe siècle de : il y a bien longtemps.

Caviarder :
Ce verbe, qui signifie en terme de journalisme supprimer un passage d'un article (voire un article tout entier), est né de l'époque où l'on utilisait les caractères de plomb : les lignes supprimées, généralement par la censure, étaient alors recouvertes d'un enduit noir qui faisait penser au caviar...

Alcool :
Ce terme arabe désignait à l'origine la poudre d'antimoine, *al-kohl*, qui a donné « kôhl », substance encore utilisée comme fard pour les paupières.

Banqueroute :
Dans les siècles passés, en Italie, le comptoir *(banca)* des changeurs était brisé *(rotta)* lorsqu'ils étaient ruinés ou convaincus d'opérations frauduleuses.

Bar :
Mot anglais qui désignait la barre qui, à l'origine, séparait les consommateurs du comptoir.

Baragouiner :
Ce mot, qui signifie parler une langue peu compréhensible, serait formé de deux mots bretons : *bara* (pain) et *gwin* (vin), donnant naissance au mot baragouin, puis au verbe.

Belote :
Jeu de cartes qui doit son nom... à son inventeur, M. Belot. Le terme a commencé à être employé après la Première Guerre mondiale. D'une manière générale, les noms propres étant à l'origine de noms communs sont appelés éponymes.

Bigot :
Provient du juron anglais « By God ! » (par Dieu !).

Blablabla :

Cette curieuse onomatopée fut inventée par... Paul Claudel et commença à être utilisée après la Seconde Guerre mondiale.

Brigand :

Ce terme italien désignait autrefois un soldat appartenant à une brigade.

Blackboulé :

Dans certaines organisations, on vote pour ou contre l'admission d'un nouveau membre à l'aide de boules blanches ou noires déposées dans une urne. Une boule noire *(black ball)* signifie un refus, d'où l'expression être blackboulé.

Bougie :

Le terme vient de la ville algérienne de Bougie, où l'on produisait de la cire pour les chandelles.

Calepin :

Provient du nom de Caleppio, dit Calopino, auteur au XVIe siècle d'un dictionnaire de la langue latine.

Calvaire :

La colline où Jésus fut crucifié s'appelait Golgotha, ce qui signifiait en hébreu « le lieu du crâne », car elle était arrondie et sans végétation. En latin, chauve se dit *calvus* et Golgotha fut traduit par *calvarius locus*, qui devait donner en français le mot calvaire.

Carambolage :

Jadis, ce mot désignait au billard la boule rouge, appelée carambole parce qu'elle évoquait le fruit orangé du carambolier.

Charabia :

Désignait à l'origine, en termes méprisants, le jargon des Auvergnats.

Émeute :

Ce mot est tiré de l'ancien participe passé au féminin du verbe émouvoir, qui est devenu depuis le XVIIIe siècle un substantif, avec le sens que nous lui connaissons maintenant.

Étonné :

Ce terme venu du latin qui signifie « frappé par le tonnerre » a longtemps signifié dans notre langue abasourdi, stupéfait.

Ghetto :

À Venise, à partir du XVIe siècle, on contraignit à résidence les juifs dans un îlot autrefois occupé par des fonderies. Le terme *getto*, désignant une coulée de métal, ce quartier prit le nom de ghetto et fut appliqué par la suite à d'autres villes, dont Varsovie, Vilna, etc.

Gitan :

Abréviation (ou plus exactement, apocope...) du mot espagnol *gitano*, lui-même issu du latin *aegyptanus*, ce qui tendrait à déduire que les gitans viendraient d'Égypte, alors qu'en réalité ils sont partis de l'Inde au Moyen Âge.

Godillot :

En 1870, les soldats français se virent octroyer de lourdes chaussures fournies par la maison Godillot, qui furent peu appréciés, d'où le sens péjoratif qui fut attribué à ce mot.

Guillotine :

Machine mise au point sous la Révolution par le docteur Guillotin, et qui lui doit son nom.

Haricot (ou *aricot*) *de mouton :*

Le mot haricot, ici, provient de l'ancien français *harigoter* qui signifiait couper en morceaux.

Ces morceaux sont devenus des « harigots » puis des « haricots » et l'habitude s'est installée d'ajouter au ragoût de véritables haricots.

Jeans :
On appelait ainsi le tissu des pantalons des marins de Gênes, prononcé à l'anglaise. Selon certaines sources, même tissu, baptisé *Denim* aux États-Unis, aurait pris ce nom pour avoir été fabriqué tout d'abord dans la ville de Nîmes.

Jeep :
Pendant la Seconde Guerre mondiale, on désigna un véhicule militaire américain tout-terrain sous le nom de *General purpose*, « tous usages », ce qui par contraction donna le terme Jeep.

Lobby :
Ce terme, au début du XXe siècle, désignait un vestibule, et plus spécialement les couloirs du Congrès américain, où l'on pouvait exercer des pressions sur les élus...

Mansarde :
Cette petite chambre sous les toits doit son nom à l'architecte Mansart.

Masochisme :
Terme né à la fin du XIXe siècle et inventé par un psychiatre, en référence aux mœurs des personnages décrits dans les romans de l'auteur autrichien Sacher-Masoch.

Panique :
Vient du nom du dieu grec Pan, qui s'amusait à effrayer les gens ou à les rendre fous.

Palais :
Le mot désignait dans l'Antiquité la colline de Rome — le mont Palatin — où l'empereur Auguste fit construire sa somptueuse résidence.

Pantalon :
Le terme proviendrait d'un personnage de la comédie italienne, *Pantaleone*, vêtu d'un habit particulier, d'une seule pièce.

Paparazzi :
Dans son film *La Dolce Vita*, le cinéaste Fellini avait baptisé l'un de ses personnages, un photographe de presse, du nom de Paparrazo. Le terme est passé, sous sa forme plurielle, à la postérité...

Pasionaria :
Pendant la guerre civile espagnole, on désigna sous le nom de la Pasionaria (« Fleur de la passion ») une dirigeante républicaine, Dolorès Ibárruri. Depuis, ce terme est utilisé, souvent sans discernement, pour définir des femmes engagées dans les luttes sociales ou politiques.

Pêche Melba :
Dessert consistant en une pêche pochée servie avec une glace à la vanille. Il doit son nom à la célèbre cantatrice australienne de la fin du XIXe et du début du XXe siècle. (Notons pour mémoire le tournedos Rossini, dont on dit que la recette fut trouvée par le célèbre musicien, au demeurant éminent gastronome, et qui consiste en un tournedos au foie gras.

Poubelle :
L'usage de cette boîte à ordures (à l'origine métallique) fut imposé par un préfet de la Seine nommé Poubelle.

Praline :
Le nom nous vient du maréchal de Plessis-Praslin, dont le cuisinier confectionnait cette friandise.

Prolétaire :
Dans l'Antiquité, on désignait sous ce terme les plus pauvres des citoyens, qui ne payaient pas d'impôt et ne pouvaient offrir à l'État que leurs enfants *(proles)*.

Renard :
Autrefois, le renard portait le nom de goupil. Au milieu du XIIIe siècle, un livre contant les aventures d'un goupil, *Le Roman de Renart* remporta un tel succès que le mot renard supplanta peu à peu l'ancienne appellation.

Rocambolesque :

Cet adjectif a pour origine Rocambole, un personnage de roman aux aventures extraordinaires, créé par Ponson du Terrail vers la fin du XIXe siècle.

Scandale :

Vient de la traduction grecque puis latine du terme hébreu *scandalum* qui désignait une pierre sur laquelle on trébuchait. Au fil des siècles, ce mot a pris une signification abstraite.

Snob :

En anglais « personne de basse condition sociale », expression utilisée vers la fin du XIXe siècle par les étudiants de Cambridge pour désigner les étrangers à leur université.

Par la suite, le sens du mot se modifia, pour s'appliquer à une personne cherchant à être assimilée aux gens distingués et, pour ce faire, imitant servilement leurs mœurs ou leur habillement.

Applications dans la vie quotidienne

Prendre connaissance de la presse, écouter la radio ou regarder la télévision nous permettent d'accroître notre vocabulaire. Il est également fort utile d'observer de quelle manière, en quelques mots, ces divers médias résument une situation ou dressent le portrait de quelqu'un. Vous pourrez aussi comparer les différentes façons dont est traitée l'information, noter les mots ou les expressions qui reviennent le plus souvent, constater le degré d'importance accordé à tel ou tel événement, voire repérer au passage quelques fautes de français...

Vous pourrez ensuite vous appliquer à résumer, mentalement, oralement ou par écrit, en un nombre de mots limité, un événement national ou international.

Ne négligeons pas non plus de bien observer une personne de votre entourage et de définir quelques caractéristiques de sa personnalité. Assez rapidement, vous devez pouvoir trouver les termes qui peuvent la caractériser, puis en vérifier le sens à l'aide de l'indispensable dictionnaire. Cette observation peut s'étendre aux personnes avec qui vous travaillez ainsi qu'à celles que vous rencontrez au hasard de la vie.

Les scènes de la vie quotidienne peuvent aussi être source d'apprentissage du vocabulaire. On peut s'appliquer à les décrire en trouvant le mot ou la phrase adéquat.

Les événements familiaux, vacances, anniversaires, etc., offrent aussi un bon terrain d'application... Il n'est pas indispensable de s'astreindre à être concis : rédigez au contraire vos impressions sans vous soucier de l'espace qu'elles occupent.

Notez au passage les fautes de français commises dans les conversations les plus banales ou les plus habituelles. Vous constaterez assez vite qu'elles sont beaucoup plus nombreuses que vous ne l'auriez imaginé.

Votre curiosité s'aiguise et vous vous prenez au jeu. Votre progression dans ce vaste univers qu'est notre vocabulaire vous fera découvrir les plaisirs de l'étymologie, cette discipline qui s'emploie à reconstituer l'ascendance des mots — et vous serez surpris de voir à quel point ceux-ci voyagent et se modifient, à travers le temps et les pays.

La catégorisation sémantique

Définition

Catégoriser, c'est constituer des catégories (en particulier des *ensembles de mots*) en réunissant des termes possédant un ou plusieurs éléments communs.

Dans la vie quotidienne, nous pouvons nous exercer à chercher le maximum de noms, de verbes ou d'adjectifs propres à chaque discipline, à chaque activité, en particulier en parcourant la presse ou même en regardant la télévision, comme nous le faisons pour améliorer notre vocabulaire et notre mémoire.

On a souvent la possibilité de constater que l'organisation du savoir et de la mémoire est plus efficace lorsque les informations nous sont présentées en catégories elles-mêmes *hiérarchisées*, c'est-à-dire comportant des sous-catégories qu'on pourrait décliner à plusieurs niveaux. Prenons l'exemple suivant : on demande à une personne de se souvenir de quatre mots qu'on lui propose — un nom de légume (poireau), de fleur (dahlia) de poisson (merlan) et d'outil (tenailles). On lui demande ensuite de compter de 0 à 20 puis en sens inverse, de 20 à 0. Enfin, on lui pose la question : quels étaient les quatre mots ? On s'aperçoit alors que cette personne, pour se souvenir, se réfère souvent aux catégories (légume, fleur, poisson, outil) pour retrouver les mots. La hiérarchisation a joué, dans le cas présent, un rôle capital en donnant un ordre aux éléments destinés à être gardés en mémoire.

Intérêt

La pratique des exercices de catégorisation sémantique nous permet de mieux structurer notre pensée, à partir de mots clés. Nous trouvons plus facilement les liens logiques entre divers éléments qui pourraient de prime abord nous sembler disparates et, donc, notre raisonnement « fonctionne » mieux.

Souvent nous négligeons de classer les divers papiers qui concernent la santé, les assurances, les factures de travaux, les problèmes de voiture, de copropriété, etc. Nous les disposons au gré de leur arrivée ou de la place que nous trouvons dans notre bureau ou notre armoire à un moment précis, et quand vient le jour où nous devons les consulter, nous devons nous lancer dans une recherche aléatoire, aussi incohérente que la disposition de ces papiers. Parfois, quand il s'agit de démarches importantes, cette quête suscite une certaine angoisse, la peur d'avoir égaré ou jeté à la corbeille.

Les exercices que nous allons pratiquer ont, pour ce qui concerne le rangement, un double but. D'abord, celui de réunir au sein de catégories précises des éléments dispersés, en fonction de critères que nous aurons déterminés (ordre chronologique, ordre d'importance, etc.). Ensuite, de nous permettre de retrouver rapidement telle ou telle pièce.

Mais l'utilité de la catégorisation dépasse largement ce domaine. Elle nous permet, lorsqu'une question nous est posée, d'y répondre plus facilement, en la liant — par hiérarchisation — à tel ensemble ou sous-ensemble.

La catégorisation, on le voit, revêt des aspects multiples. Si nous la pratiquons au jour le jour nous serons plus opérationnels.

On peut schématiquement répartir ses applications en deux groupes :

- Découvrir des ensembles de mots.
- Constituer des ensembles de mots.

Découvrir des ensembles de mots

★

Réunir les mots appartenant à la même catégorie sémantique (par exemple, chemise, pantalon, manteau feraient partie de la catégorie : « vêtements ») :

cuisinière	cahier	feuilleton
récréation	casserole	four
zapper	antenne	dictée

Variante :

prolonger chaque catégorie en y ajoutant un mot.

Réponses page 180

Découvrir des ensembles de mots

★★

Réunir les mots appartenant à la même catégorie sémantique :

bouteille	laisse	dentifrice
douche	arôme	truffe
verre	flair	savon

Variante :

prolonger chaque catégorie en y ajoutant deux mots.

Réponses page 181

Découvrir des ensembles de mots

★★★

Réunir les mots appartenant à la même catégorie sémantique :

ligne	fleur	prise
terreau	képi	sonnerie
gyrophare	massif	pistolet

Variante :

prolonger chaque catégorie en y ajoutant trois mots.

Réponses page 182

Découvrir des ensembles de mots

★★★★

Réunir les mots appartenant à la même catégorie sémantique (attention, parmi ces douze mots se cache un intrus, autrement dit un mot qui n'appartient à aucune des catégories que vous pouvez constituer) :

rock	vote	rite
fidèle	flute	sourate
abstention	candidat	diapason
soupir	parlement	chance

Variante :

prolonger chaque catégorie en y ajoutant quatre mots.

Réponses page 182

Réponses

★

Cahier, récréation, dictée appartiennent à la catégorie *école* (ou *lycée*).

Variante :

Cartable, devoirs, leçons, tableau noir, éponge, craie, mathématiques, géographie, histoire, français, anglais, allemand, récitation, interrogation écrite, récréation, punition, conseil de classe, parents d'élèves, professeur, principal, censeur, surveillant, etc.

Feuilleton, zapper, antenne appartiennent à la catégorie *télévision.*

Variante :

Émission (en direct ou en différé), série, présentateur, journaliste, réalisateur, producteur, présentateur, monteur, son et images numériques, câble, décodeur, plateau, cameraman, reportage, émission, magnétoscope, caméra, chaîne (nom des diverses chaînes), péage, parabole, DVD, spot publicitaire, etc.

Cuisinière, casserole, four appartiennent à la catégorie *cuisine.*

Variante :

Recette, sauce, cuisinière, sel, poivre, moutarde, condiments, hachis, casserole, évier, égouttoir, couteaux, louche, plats, marmite, bouilloire, cafetière, torchons, réfrigérateur, congélateur, four, vaisselle, fouet, tamis, poêle, mixeur, spatule, etc.

★★

Bouteille, arôme, verre appartiennent à la catégorie *vin.*

Variante

Bouchon, cépage, vigne, plant, cep, raisin, grappe, viticulture, taille, vendange, foulage, pressurage, mildiou, robe, tonneau, cuve, appellation contrôlée, vin nouveau, vin de table, vin de pays, cru bourgeois, cru classé, chai, maître de chai, tire-bouchon, vinification, dégustation, œnologie, cellier, appellations contrôlées (on peut aussi citer les noms de crus de Bordeaux, Bourgogne, des côtes du Rhone, (du Beaujolais, d'Alsace...), etc.

Laisse, truffe, flair appartiennent à la catégorie *chien.*

Variante

Gronder, aboyer, japper, hurler, flairer, pattes, queue, tatouage, mordre, niche, chenil, chiot, pedigree, crocs, queue, lice, museau, muselière, cynodrome, chien de traîneau, chien errant, chien de garde, chien de chasse, chien d'arrêt, meute, etc. On peut ajouter les principales races de chiens.

Douche, dentifrice, savon appartiennent à la catégorie *salle de bains.*

Variante

Verre à dents, brosse à dents, rasoir, lavabo, armoire de toilette, éponge, peigne, séchoir à cheveux, baignoire, eau de Cologne, vaporisateur, eau de toilette, gant de crin, peigne, éponge, maquillage, gant de toilette, serviette, sels de bain, etc.

★★★

Terreau, massif, fleur appartiennent à la catégorie *jardinage.*

Variante

Arrosoir, sarcloir, pelouse, bêche, binette, râteau, tondeuse à gazon, horticulture, sécateur, planter, légume, arbre, compost, verger, allée, plates-bandes, biner, bouture, haie, massif, engrais, espalier, greffe, sillon, plante grasse, terre de bruyère, compost, tuteur, etc.

Ligne, sonnerie, prise appartiennent à la catégorie *téléphone.*

Variante

Numéro, écouteur, répondeur, portable, GSM, UMTS, numéro, standard, appel, ligne téléphonique, renseignements, central, cabine, antenne, réseau, liste rouge, annuaire, etc.

Képi, gyrophare, pistolet appartiennent à la catégorie *police.*

Variante

Procès-verbal, enquête, arrestation, vérification d'identité, contravention, perquisition, arrestation, filature, îlotier, circulation, indicateur, flagrant délit, main-courante, menottes, matraque, grenade lacrymogène, casque, ronde, commissariat, garde-à-vue, officier, district, etc.

★★★★

Rock, flûte, diapason, soupir appartiennent à la catégorie *musique.*

Variante

Orchestre, chef d'orchestre, fanfare, soliste, jazz, partition, chanteur, guitare, musicien, trompette, violon, violoncelle, harpe, symphonie, concerto, prélude, andante, berceuse, nocturne, fugue, impromptu, rondo, adagio, polka, rhapsodie, opéra, opéra-comique, opérette, solfège, etc.

Vote, candidat, abstention, parlement appartiennent à la catégorie *politique.*

Variante

Campagne, élections cantonales, municipales, senétoriales, Sénat, bureau de vote, scrutin, Chambre des députés, bulletins blancs, bulletins nuls, président de la République, Premier ministre, dissolution, mairie, assesseur, votant, quorum, tracts, maire, sénateur, grand électeur, écharpe, mandat électif, loi, décret, ordonnance, questions orales, ministre, Conseil des ministres, secrétaire d'État, etc.

Fidèle, rite, sourate appartiennent à la catégorie *religion.*

Variante

Prière, prêtre, imam, mosquée, rosaire, église, temple, synagogue, bar-mitsva, Rome, pape, évêque, archevêque, concile, croix, ramadan, enfer, kippour, paradis, purgatoire, pèlerinage, lieu saint, Aït-et-Kébir, miracle, mollah, ayatollah, loubavitch, monastère, cascher, pâques, ablutions, hassidisme, excommunication, bouddhisme, taoïsme, encyclique, fatwa, Coran, Bible, pentateuque, madrasa, talmud, chapelet, rabbin, baptême, pope, charia, communion, sacrements, bénitier, canonisation, etc.

Le mot intrus est : *chance.*

Constituer des ensembles de mots

★

Trouver cinq mots entrant dans les catégories :

Médecine

Aéronautique

Restaurant

Cinéma

Réponses page 188

Constituer des ensembles de mots

★★

Trouver six mots entrant dans les catégories :

Rugby

Chasse

Oiseaux

Pâtisserie

Réponses page 189

Constituer des ensembles de mots

★★★

Trouver cinq mots entrant dans les catégories :

Littérature

Navigation

Charcuterie

Vie militaire

Réponses page 190

Constituer des ensembles de mots

★★★★

Trouver huit mots entrant dans les catégories :

Psychologie (dans son sens le plus large, incluant la psychiatrie et la psychanalyse)

Équitation

Théâtre

Couture

Réponses page 192

Réponses

★

Catégorie *médecine* :

Opération, thermomètre, malaise, fièvre, stéthoscope, maladie, anesthésie, plaie, pouls, tension, hôpital, clinique, médecin, généraliste, spécialiste, internat, externat, mercurochrome, piqûre, seringue, injection, radiographie, cabinet, visite, consultation, diagnostic, analyse, prise de sang, ordonnance, patch, auscultation, aseptie, chimiothérapie, pansement, homéopathie, externe, interne, chef de clinique, chef de service, professeur, agrégé, médecin légiste, gynécologue, neurologue, allergologue, radiologue, urologue, échographie, etc.

Catégorie *aéronautique* :

Monoplan, biplan, moteur à réaction, navigation aérienne, manche à balai, voltige, bombardement, pilote, aéro-club, vol à voile, hangar, décollage, atterrissage, crash, boîte noire, train d'atterrissage, cockpit, terrain d'atterrissage, bimoteur, looping, ressource, hôtesse de l'air, stewart, pilote, commandant de bord, rase-mottes, aéroport, charter, couloir aérien, aiguilleur du ciel, gros porteur, hydravion, fret aérien, canadair, etc.

Catégorie *restaurant* :

Chaîne de restaurants, carte, menu, plat principal, plat du jour, garniture, supplément, commande, réservation, repas d'affaires, hors-d'œuvre, boisson, dessert, table, nappe, carte des vins, commande, serveur, serveuse, maître d'hôtel, chef de rang, chef de cuisine, écailler, saucier, toque, cuisinier, plongeur, brigade de cuisine, sommelier, addition, clientèle, spécialité, brasserie, rôtisserie, bouchon, guide gastronomique, fast-food (restauration rapide), crêperie, salon particulier, salle de banquet, cantine, hostellerie, buffet de gare, gargote, habitué, etc.

Catégorie *cinéma* :

Tournage, caméra, objectif, zoom, travelling, film, projecteur, plateau, acteur, doublure, star, Hollywood, studio, metteur en scène, assistant, chef opérateur, cameraman, ingénieur du son, perchman, écran de contrôle, clap, producteur, monteur (ou monteuse), script, machiniste, électricien, bout d'essai, salle de cinéma, projectionniste, ouvreuse, long métrage, court métrage, film publicitaire, pellicule, film vidéo, projection vidéo, etc.

★★

Catégorie *rugby* :

Pilier, mêlée, touche, couloir, talonneur, deuxième ligne, troisième ligne, troisième ligne aile, troisième ligne centre, demi de mêlée, demi d'ouverture, trois-quart centre, trois-quart aile, arrière, cadrage-débordement, passage à vide, pack, maul, renvoi aux vingt-deux, mêlée à cinq, crampon, raffut, *up and under*, passe sautée, essai, transformation, drop, pénalité, placage, Tournoi des six nations, coupe du monde, etc.

Catégorie *chasse* :

Fusil Hamerless, fusil à canons superposés, calibre, *drilling*, crosse, gibecière, cartouchière, permis de chasse, appeaux, garde-chasse, ouverture, fermeture, partie de chasse, tir à plombs, tir à balles, carabine, gibier, battue, rabatteur, réserve, garde-chasse, chasse à courre, vénerie, équipage, piqueur, hallali, trompe, cerf, chasse au faucon, fauconnier, etc.

Catégorie *oiseaux* :

Ornithologie, jabot, gésier, nid, ponte, couvée, voler à tire-d'aile, prendre son essor, babiller, gazouiller, roucouler, mouette, pigeon, volière, hibou, ramage, picorer, cage, volière, mouette, échassier, bécasse, cigogne, faisan, perdrix, merle, grive, chardonneret, buse, pivert, étourneau, rossignol, pigeon voyageur, bague, pie, corbeau, corneille, rapace, bec, plumage, aigle, condor, pinson, rouge-gorge, hirondelle, moineau, serin, tourterelle, coucou, migration, albatros, etc.

Catégorie *pâtisserie* :

Bonbon, gâteau, laboratoire, pâte feuilletée, pâte brisée, tarte aux fruits, tartelette, biscuit, pièce montée, petits fours, brioche, gâteau de riz, macaron, chausson, chou à la crème, éclair, flan, cookie, brownie, croissant, saint-honoré, charlotte, moka, meringue, baba au rhum, savarin, madeleine, palmier, mille-feuille, paris-brest, éclair, religieuse, baba au rhum, chocolat, etc.

★★★

Catégorie *littérature* :

Roman, nouvelle, Mémoires, poème, inspiration, prix (Goncourt, Renaudot, Fémina, Interallié, etc.), prose, Académie française, poésie, personnage, imprimerie, couverture, page, brochage, pilon, chapitre, romancier, édition, parution, homme (ou femme) de lettres, drame, tragédie, critique, imagination, avant-propos, sommaire, table des matières, rédaction, style, manuscrit, lecteur, plagiat, pseudonyme, tirage, narrateur, feuilleton, anthologie, biographie, autobiographie, etc.

Catégorie *navigation* :

Skipper, coupe de l'America, Vendée-Globe challenge, amiral, cuirassé, dériver, eaux territoriales, épave, rail maritime, proue, poupe, safran, mât, étrave, monocoque, corvette, coup de tabac, quille, régate, spinnaker (foc ballon), ancre, équipage, babord, compas, tribord, port, aviron, armateur, trimaran, pavillon, catamaran, pavois, barre, cale sèche, canot pneumatique, amarrage, cargo, chalutier, pétrolier, carène, voile, pilote, bouée, vent arrière, vent debout, épave, ferry-boat, bordées, hydrofoil, aéroglisseur, accastillage, sextant, tirant d'eau, foc, etc.

Catégorie *charcuterie* :

Jambon, jambon à l'os, pâté en croûte, jambon au torchon, saucisson, saucisse, jambonneau, jambon fumé, jambon d'York, de Bayonne, etc., galantine, fromage de tête, andouille, andouillette, boudin noir, boudin blanc, cervelas, mortadelle, chipolata, choucroute, pieds de porc, rillettes, pâté de canard, pâté de lièvre, pâtée de foie, foie gras, etc. Plats étrangers : taboulé, homous, feuilles de vigne, tarama, rouleaux de printemps, etc.

Catégorie vie *militaire* :

Infanterie, train des équipages, chasseur alpin, parachutiste, corvée, fanfare, défilé, garde-à-vous, salut, revue de détail, section, compagnie, brigade, régiment, fanion, stratégie, tactique, caserne, chambrée, pas cadencé, manœuvres, faire ses classes, fusil, carabine, pistolet-mitrailleur, pistolet, bazooka, canon, char, ordre, règlement, peloton, section, compagnie, régiment, brigade, casque, calot, treillis, galon, fourragère, etc. (On peut aussi citer tous les grades.)

★★★★

Catégorie *psychologie* :

Pulsion, névrose, psychose, dépression, complexe, psychiatrie, cure, inconscient, psychopathe, paranoïa, psychomaniaque, psychorigide, schizophrénie, acte manqué, lapsus, psychique, perversion, libido, tranquillisant, neuroleptique, psychotrope, psychiatre, anxyolytique, antidépresseur, psychanalyse, neurologie, hystérie, électrochocs, cri primal, agoraphobie, claustrophobie, débilité, psychoaffectivité, etc.

Catégorie *équitation* :

Manège, reprise, maître de manège, bombe, chambrière, cravache, obstacle, selle, étrivière, étrier, concours hippique, concours complet, épreuve de dressage, jumping, bombe de chasse, mors de bride, mors de filet, gourmette, éperons, pommeau, troussequin, trot, galop, croupade, trot attelé, trot monté, avoine, fer à cheval, robe, bouchonner, allée cavalière, haute école, dressage, voltige, chasse à courre, polo, écurie, volte, demi-volte, chevauchée, écuyer, etc.

Catégorie *théâtre* :

Rideau, brigadier, trois coups, lever de rideau, rôle, comédien, Conservatoire, personnage, souffleur, public, loge, balcon, place d'orchestre, paradis, coulisses, scène, rampe, décor, réplique, tragédie, comédie, vaudeville, théâtre de boulevard, mise en scène, auteur, machiniste, électricien, ouvreuse, troupe, ingénue, soubrette, valet, costumes, accessoires, billet, applaudir, claque, cabale, siffler, drame, mélodrame, répertoire, entracte, etc.

Catégorie *couture* :

Mannequin, défilé, robe, robe du soir, manteau, plissé, satin, première d'atelier, petite main, collection, prêt-à-porter, essayage, ciseaux, dé, aiguille, doublure, essayage, retouche, retoucheuse, chemisier, jupe, monter une manche, ajuster, broder, épaulette, ourlet, broderie, ceinture...
(On peut aussi citer les noms de quelques grands couturiers, passés et présents : Dior, Fath, Chanel, Lacroix, Givenchy, Balenciaga, Cardin, Féraud, Gaultier, Lagerfeld, Courrèges, Ungaro, Versace, Saint Laurent, Mugler, etc.)

La symbolisation

Définition

Le symbole, signe de reconnaissance, est une image (ou une formule) qui, par sa forme ou sa nature, désigne par association d'idées un autre élément — pays, personne, sentiment, religion, collectivité, métier, etc. Généralement, le symbole tend à idéaliser l'objet ou la notion qu'il représente.

Symboliser, c'est faire appel à des symboles, qui peuvent se matérialiser sous forme d'emblèmes, d'allégories, de logos ou d'insignes. La symbolisation se pratique non seulement dans la littérature, mais aussi dans de nombreuses disciplines, comme la chimie (le symbole O désigne l'oxygène), l'algèbre, le sport, la politique, la publicité, l'art, etc.

Intérêt

Dans le cadre de l'organisation verbale, interpréter ou proposer des symboles exerce l'esprit à passer d'une simple et unique représentation imagée à des éléments multiples et complexes, et, dans l'autre sens, à réunir ceux-ci dans une unique représentation abstraite.

Les applications consistent à :
— trouver la signification de certaines représentations symboliques ;
— dessiner ou décrire des représentations symboliques ;
— déchiffrer des sigles.

Avant de procéder à ces exercices, essayez de trouver par vous-même quelques représentations symboliques. La plupart des grandes marques commerciales, par exemple, ont un logo que l'on retrouve aussi bien sur leurs produits que dans les publicités. Il en est de même pour les symboles des grandes firmes internationales ou des partis politiques.

Trouver la signification de certaines représentations symboliques

★

Réponses page 199

Trouver la signification de certaines représentations symboliques

★★

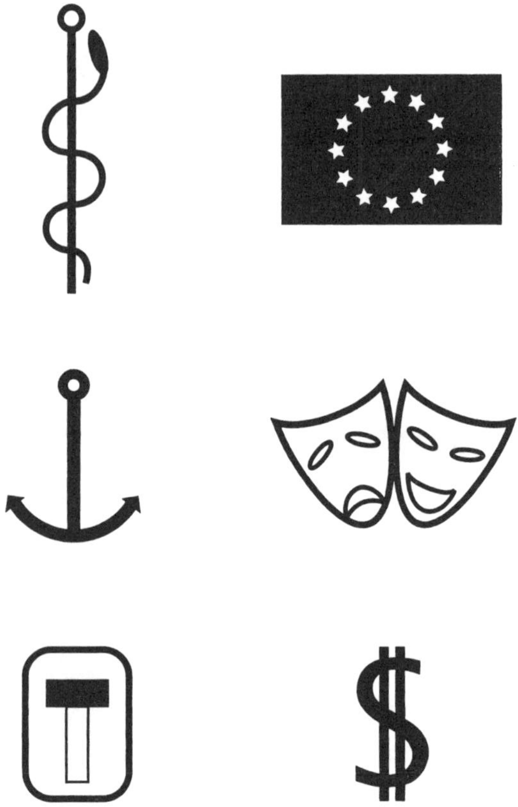

Réponses page 199

Trouver la signification de certaines représentations symboliques

★★★

Réponses page 199

Trouver la signification de certaines représentations symboliques

★★★★

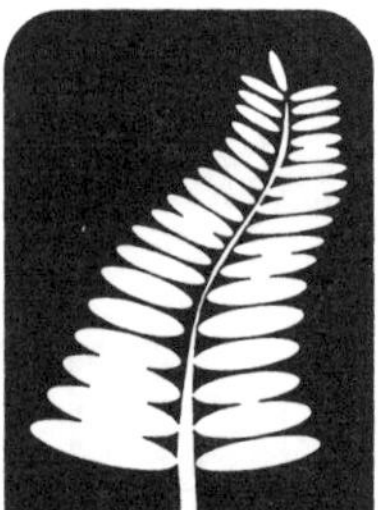

Réponses page 200

Réponses

★

Un hôpital
La royauté
La Poste
Interdiction de fumer
Port du casque obligatoire
Borne de recharge de véhicules électriques

★★

La médecine
L'Europe
La marine
Le théâtre
Une impasse
Dollar

★★★

La mort
La paix
Présence d'éléments radioactifs
Le temps qui passe

L'emblème de la WWF (World Wide Fund for Nature), association de défense des espèces animales menacées

Drapeau indiquant le passage de la ligne d'arrivée par le vainqueur d'une compétition automobile (ou motocycliste)

★★★★

L'Australie

La justice

Le drapeau olympique

La musique

La fougère : emblème de l'équipe de rugby des All-Blacks (Nouvelle-Zélande)

La victoire (et la sagesse) chez les Grecs anciens

Dessiner ou décrire des représentations symboliques

★

Le droit de traverser sur un passage piétons

La Corse

L'euro

La France (dans les épreuves sportives)

Réponses page 205

Dessiner ou décrire des représentations symboliques

★★

L'amour

La ville de Paris

La République

L'enfer

Réponses page 205

Dessiner ou décrire des représentations symboliques

★★★

L'islam

La peinture

L'Angleterre (dans les épreuves sportives)

Le Liban

Réponses page 205

Dessiner ou décrire des représentations symboliques

★★★★

L'ordre de Malte

L'École polytechnique

Les mouvements pacifistes

La religion juive

Réponses page 205

Réponses

★

€

★★

★★★

★★★★

X

Déchiffrer des sigles

Un sigle est une abréviation destinée à définir de façon plus succincte et plus rapide une suite de termes. Exemple : TGV (train à grande vitesse).

La vie moderne en utilise de plus en plus fréquemment et il est utile, sinon indispensable, de connaître la signification du plus grand nombre possible.

La plupart de ceux qui figurent ici ont perdu leur seule fonction d'abréviation pour acquérir un rôle symbolique.

Déchiffrer des sigles

★

Que désignent les sigles :

SVP

HLM

RATP

CV

RAS

DRH

RTT

PEL

LEP

VTT

Réponses page 211

Déchiffrer des sigles

★★

Que désignent les sigles :

ANPE

UV

RIB

RIP

TIR

SDF

ONU

MLF

CHU

PMU

Réponses page 211

Déchiffrer des sigles

★★★

Que désignent les sigles :

TEP

TNP

OPEP

OTAN

PV

AR

TVA

OPA

Réponses page 212

Déchiffrer des sigles

★★★★

Que désignent les sigles :

PIB

BCG

GIG

GIGN

VRP

CIA

SACEM

ATP

EV

GPL

UNESCO

Réponses page 212

Réponses

★

S'il vous plaît
Habitation à loyer modéré
Régie autonome des transports parisiens
Curriculum vitae
Rien à signaler
Directeur des ressources humaines
Réduction du temps de travail (dans le cadre des « trente-cinq heures »)
Plan épargne logement
Livret d'épargne populaire, Lycée d'État professionnel
Vélo tout-terrain

★★

Agence nationale pour l'emploi
Ultraviolets (rayons), Unité de Valeur
Relevé d'identité bancaire
Relevé d'identité postale
Très importante remorque
Sans domicile fixe
Organisation des Nations unies
Mouvement de libération des femmes
Centre hospitalier universitaire
Paris mutuel urbain

★★★

Théâtre de l'Est parisien
Théâtre national populaire
Organisation des pays exportateurs de pétrole
Organisation du traité de l'Atlantique Nord (en anglais et pour un certain nombre de pays : NATO)
Procès-verbal
Accusé de réception
Taxe à la valeur ajoutée
Offre publique d'achat

★★★★

Produit intérieur brut
Bacille Calmette-Guérin (vaccin)
Grand invalide de guerre
Groupe d'intervention de la Gendarmerie nationale
Voyageur représentant placier
Central Intelligence Agency
Société des auteurs, compositeurs et éditeurs de musique
Association des tennismen professionnels
En ville (mention à faire figurer sur un courrier que l'on dépose directement chez une personne, sans passer par la poste)
Gaz de pétrole liquéfié
United Nations Educational, Scientific and Cultural Organization (Organisation des Nations unies pour l'éducation, la science et la culture)

5

ORGANISATION VISUO-SPATIALE ET TEMPORELLE

Principes

Souvent, lorsque nous pensons à quelque chose ou à quelqu'un, il nous arrive de « voir dans notre tête », sans le vouloir, et sans chercher à nous obliger à fermer les yeux pour mieux nous concentrer : l'opération se fait instantanément.

Le processus cognitif qui consiste à « voir dans sa tête » s'appelle la visualisation (ou représentation mentale).

Les images mentales

Ce que nous construisons mentalement s'appelle *image mentale*. Les images mentales constituent le « matériau » de la pensée. Elles peuvent être fidèles ou, au contraire, très éloignées de la réalité, ne serait-ce que parce qu'elles sont très subjectives. Vous pouvez, par exemple, vous représenter un élément dont vous saurez, par la suite, qu'il n'existait pas, ou qu'il existait sous une autre forme.

Essayez, au moment où vous lisez ces lignes, de vous souvenir du réveillon de l'année précédente. Que « voyez-vous » dans votre tête ? Une table de fête, vous-même en train de vous distraire avec telle ou telle personne, une partie du trajet, etc. Ce souvenir n'était pas présent il y a trente secondes. Il n'existe dans les neurones que parce que vous les sollicitez. Les images mentales et les souvenirs correspondent à des modifications de l'état des neurones.

Lorsque quelqu'un nous demande où nous avons passé nos dernières vacances ou comment se porte un membre de notre famille, nos neurones s'activent et « affichent » les réponses qu'ils puisent dans un stock d'images et nous les restituent.

Du moins théoriquement.

Car les choses ne sont pas si simples.

L'enregistrement de toute information pourra être parasité par divers facteurs et, par conséquent, notre cerveau nous restituera des images déformées ou partielles. Il convient alors de poser les cinq questions fondamentales dont nous avons fait état en introduction aux stratégies.

Mais en quoi savoir fabriquer de « bonnes » images mentales nous est-il profitable ?

Pratique dans la vie courante

Il est fréquent qu'on ne se souvienne pas de l'endroit où l'on a posé tel ou tel objet. C'est le cas des personnes qui se disent « distraites ».

La pratique de la visualisation les aidera à se souvenir, mieux et plus vite.

Par exemple, on rentre chez soi avec son téléphone mobile. Au lieu de se contenter de le poser quelque part et de vaquer à ses occupations, puis de se précipiter dans tous les sens dès qu'il sonne, pour enfin le découvrir posé sur la table de la cuisine et parfois en vain, car la sonnerie vient de se terminer, on peut utiliser, systématiquement, une stratégie de visualisation qui évitera la panique.

Cette stratégie est simple :

On entre chez soi et, au moment de poser le téléphone dans un endroit donné, on observe bien sa place en cet endroit précis. C'est ce qu'on appelle une visualisation. On « photographie » l'ensemble (le téléphone et l'endroit où il se trouve) dans sa tête. Au début, on s'oblige à le faire, et puis cela devient habituel, entraînant une sorte de discipline. Cette stratégie de représentation mentale peut être appliquée au souvenir d'objet (courriers, clés, dossiers, etc.), de faits ou de personnes, comme lorsqu'on a fait la connaissance de quelqu'un dans un lieu précis ou qu'on a effectué tel ou tel acte à un moment crucial.

Pourquoi a-t-on besoin de visualiser un ensemble de données pour parvenir à localiser tel ou tel objet ou, de façon plus générale, à récupérer tel ou tel souvenir ?

L'explication est la suivante : dans notre exemple, un réseau de neurones doit enregistrer « le téléphone à tel endroit ». Il n'enregistre pas « le téléphone », car il n'existe pas de neurones isolés pour un objet isolé. On active donc plusieurs populations de neurones, qui vont traiter spécialement les éléments d'information de l'épisode « je pose mon téléphone portable à tel endroit et à tel moment ». Ce traitement simultané par différentes populations neuronales déclenche une activation neuronale qui se traduit par une focalisation de l'attention et, par conséquent, facilite la mémorisation.

Cette stratégie de visualisation intervient aussi bien dans la mémoire *rétrospective* (la mémoire de ce qu'on a fait) que dans ce qu'on appelle la *mémoire prospective* (la mémoire de ce qu'on doit faire, dans un avenir proche ou plus lointain). Prenons le cas suivant : j'ai une lettre dans ma poche, il faut que je pense à la poster avant ce soir. Au moment où je prends cette décision, il faut que je m'imagine en train de la poster, que je visualise le moment où je le ferai et l'endroit (la boîte aux lettres jaune, la rue, etc.).

Si je dois prendre un rendez-vous chez un dentiste, il faut que je me le « programme » : je m'imagine sur la chaise, la bouche ouverte... ou, vision moins éprouvante, j'évoque la personnalité de mon dentiste... ou encore la décoration de sa salle d'attente.

Là aussi, on le voit, il n'y a jamais une visualisation unique, mais une combinaison de visualisations.

Le carnet de bord peut intervenir, en décrivant les diverses stratégies mises au point dans la visualisation, de façon à connaître celles qui se sont révélées les plus opérationnelles.

Plus généralement, la visualisation peut se doubler d'une sémantisation — le souvenir du nom de son dentiste, par exemple. Les stratégies ne sont généralement pas efficaces isolément. L'efficacité dépend beaucoup de la contribution simultanée de chacune. Elle est donc assurée par une sorte de synergie.

Dans nos exemples, la stratégie de visualisation aide à la mémorisation de l'emplacement des objets, des actions à mener, etc. Mais il faut souligner ici que visualiser ou effectuer une représentation mentale joue un rôle considérable dans toutes sortes de tâches intellectuelles plus abstraites.

Pour autant, ce livre n'a pas pour objectif, rappelons-le, de disséquer toutes les activités intellectuelles mais, de façon plus pragmatique, d'apprendre à utiliser seul, de façon volontaire, disciplinée, les principales stratégies qui améliorent notre pensée et nous rendent la vie plus facile.

Un travail plus élaboré pourra être entrepris avec des psychologues, au sein de ce qu'on appelle des « ateliers mémoire » ou « ateliers cognitifs ».

Décrire ce qu'on a vu

★

Bien observer cette scène, puis tourner la page.

Faire un rapport

Rédiger en six ou sept lignes la scène à laquelle on vient d'assister (lieu, personnages, sentiments qu'ils peuvent ressentir, critique de leur façon d'agir, etc.).

Répondre à cette question : qu'ont de commun les deux véhicules ?

Réponses page 225

Décrire ce qu'on a vu

★★

Bien observer cette scène, puis tourner la page.

Faire un rapport

Rédiger en huit ou neuf lignes la scène à laquelle on vient d'assister (lieu, personnages, sentiments qu'ils peuvent ressentir, critique de leur façon d'agir, etc.).

Répondre à cette question : Deux clientes ont quelque chose en commun. De quoi s'agit-il ?

Réponses page 225

Décrire ce qu'on a vu

★★★

Bien observer cette scène, puis tourner la page.

Faire un rapport

Rédiger en une dizaine de lignes la scène à laquelle on vient d'assister (lieu, personnages, sentiments qu'ils peuvent ressentir, critique de leur façon d'agir, etc.).

Répondre à cette question : quelle est l'inscription figurant sur le tableau noir ?

Réponses page 225

Décrire ce qu'on a vu

★★★★

Bien observer cette scène, puis tourner la page.

Faire un rapport

Rédiger en une douzaine de lignes la scène à laquelle on vient d'assister (lieu, personnages, sentiments qu'ils peuvent ressentir, critique de leur façon d'agir, etc.).

Répondre à cette question : combien le gâteau a-t-il de bougies ?

Réponses page 225

Réponses

★

Les plaques d'immatriculation des deux voitures comportent toutes les deux les lettres WW.

★★

Deux clientes portent un chapeau identique.

★★★

Inscription : le carré de l'hypoténuse.

★★★★

Le gâteau a six bougies.

Organiser l'espace

★

Sur le dessin de la page de droite, avec un crayon ou un feutre, partir du point D (départ) pour arriver au point A (arrivée) en suivant les instructions qui correspondent à ces orientations.

Est 2

Sud 1

Ouest 1

Sud 3

Est 3

Sud 2

Est 3

Sud 2

Ouest 1

Sud 4

Est 4

Sud 1

Est 2

Nord 1

Est 1

Organiser l'espace

★

D									
									A

Organiser l'espace

★★

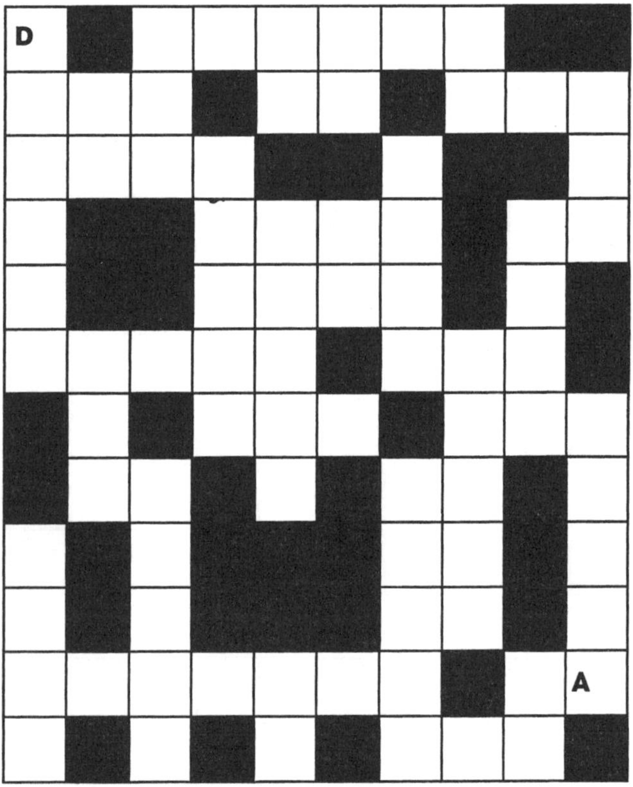

Organiser l'espace

★★

Indiquer par des orientations successives (par exemple, sud 2, est 3, etc.) le plus court chemin pour passer de D (départ) à A (arrivée) en évitant les cases noires.

Organiser l'espace

★★★

Reproduire en symétrie, par rapport à un axe vertical, la carte de l'Europe de la page de droite.

Reproduire en symétrie, cela consiste un peu à dessiner « en miroir » comme nous le montre cet exemple :

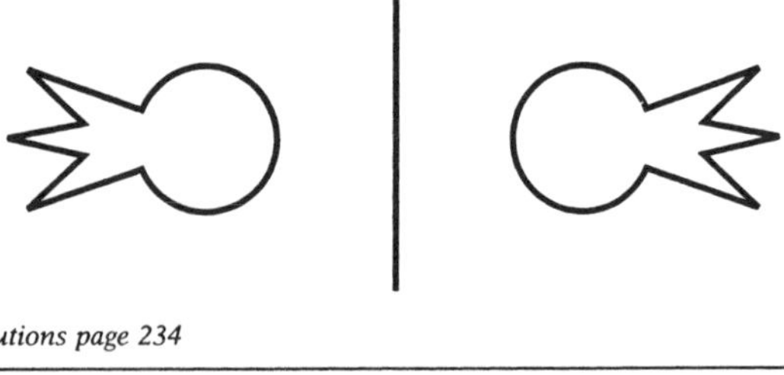

Solutions page 234

Organiser l'espace

★★★

Organiser l'espace

★★★★

Reproduire l'objet dessiné sur la page de droite après l'avoir fait pivoter de 45 degrés vers la droite.

On peut s'inspirer du dessin suivant :

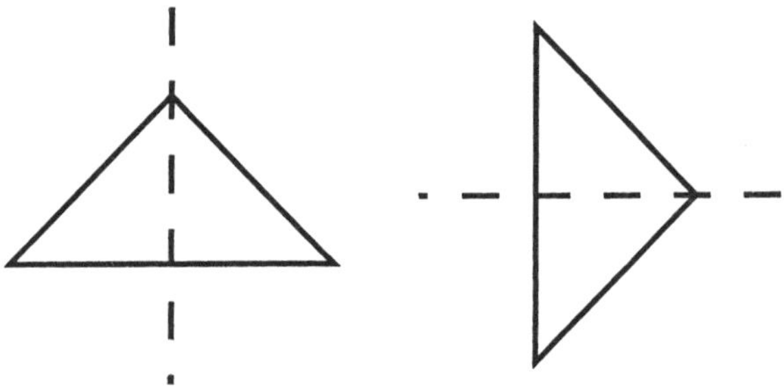

Solutions page 234

Organiser l'espace

★★★★

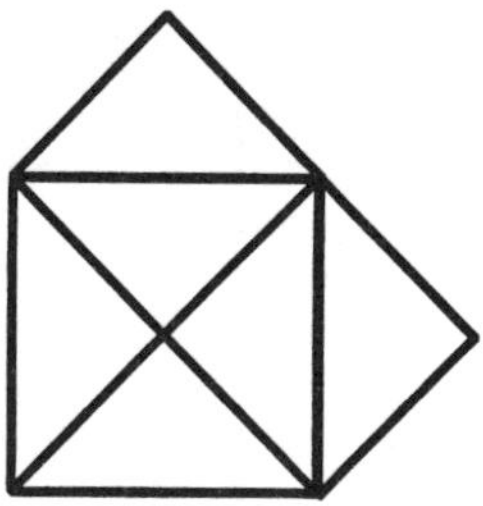

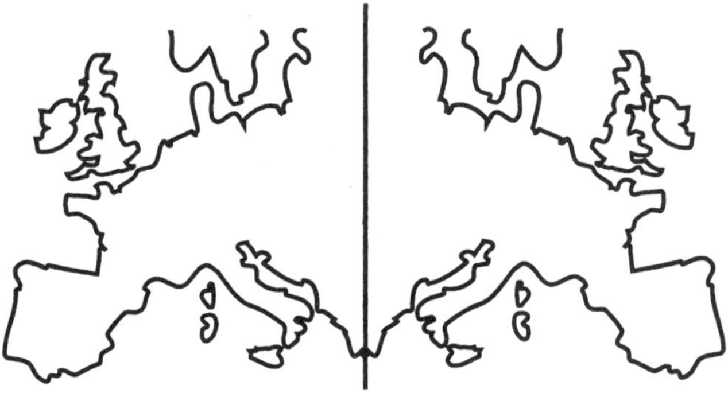

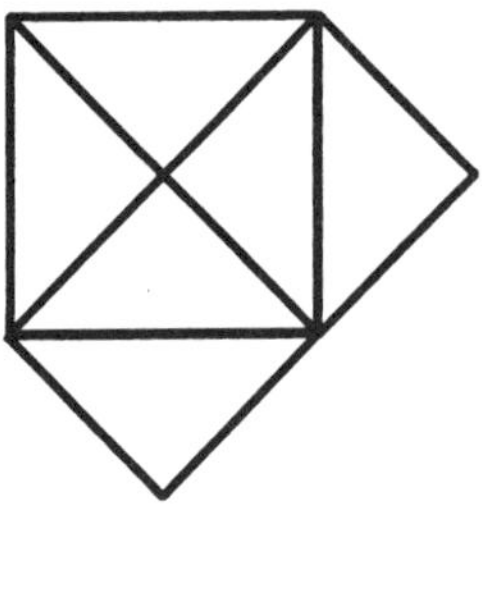

Concevoir des repères visuo-spatiaux

★

Bien observer ces éléments et tourner la page.

Concevoir des repères visuo-spatiaux

Reproduire des éléments

Énumérer les objets se trouvant sur la première ligne.

Dessiner (ou décrire) le deuxième élément de la première ligne et le troisième de la troisième ligne, puis vérifier sur le dessin initial.

Concevoir des repères visuo-spatiaux

★★

Bien observer ces éléments et tourner la page.

Concevoir des repères visuo-spatiaux

Reproduire des éléments

Énumérer les objets se trouvant sur la ligne inférieure.

Dessiner (ou décrire) le deuxième élément de la première ligne et le troisième de la troisième ligne.

Vérifier sur le dessin initial.

Concevoir des repères visuo-spatiaux

★★★

Bien observer ces éléments et tourner la page.

Concevoir des repères visuo-spatiaux

Énumérer les objets se trouvant à droite du téléphone.

Dessiner (ou décrire) le deuxième élément de la première ligne, le troisième de la deuxième ligne et le quatrième de la troisième ligne.

Vérifier sur le dessin initial.

Concevoir des repères visuo-spatiaux

★★★★

Bien observer ces éléments et tourner la page.

Concevoir des repères visuo-spatiaux

Reproduire des éléments

Énumérer les objets se trouvant sur la cinquième ligne.

Dessiner (ou décrire) les objets se trouvant à l'extrémité des cinq premières lignes.

Vérifier sur le dessin initial.

Applications dans la vie quotidienne

Les principales applications de l'organisation visuo-spatiale et temporelle dans la vie quotidienne consistent à « afficher dans sa tête », à des moments et des endroits précis. En voici quelques exemples :

Essayez de vous représenter mentalement :

— les épisodes marquants de votre vie (enfance, adolescence, différentes tranches de l'âge adulte) ;

— vos date et lieu de naissance, puis ceux de votre famille ;

— les établissements scolaires fréquentés (ainsi que le nom des maîtres d'école, des camarades de classe, des enseignants ou formateurs, ceux que vous avez aimés, ceux que vous n'avez pas aimés...) ;

— les principaux emplois (nom des employeurs, des personnes avec qui vous avez travaillé, ceux que vous avez aimés, ceux que vous n'avez pas aimés) ;

— les date et lieu du service militaire... pour ceux évidemment qui ont connu cette époque ;

— les date et lieu de votre mariage puis ceux de vos familiers ou de (vos proches).

Vous pouvez ensuite choisir un ou plusieurs de ces moments de votre vie et utiliser votre pensée comme une « caméra mentale » faisant défiler dans votre tête un maximum de détails.

Je vous suggère quelques pistes :

— la maison de votre enfance, celle de vos vacances ;

— votre premier emploi (l'environnement de votre travail, à la ville, à la campagne, à la montagne, etc.) ;

— les têtes d'affiche des différentes époques (politiciens, artistes, sportifs, etc.) ;

— votre premier ordinateur ;

— votre première recherche Internet ;

— votre premier e-mail ;

— votre premier calcul en euros ;

— votre première déclaration d'impôts ;

— votre premier appareil photo ;

ou encore :

— vos dernières vacances ;

— votre dernier week-end ;

— votre dernier repas avec des amis ;

— votre dernier spectacle (cinéma, théâtre...) ;

— votre planning d'hier et celui d'aujourd'hui, de la semaine passée ou à venir, du mois, du trimestre, de l'année...

Tous ces éléments peuvent figurer sur le carnet de bord. Vous noterez aussi, parmi toutes ces images, celles qui ont été faciles à trouver et, inversement, les plus rétives à vous venir en mémoire.

Mais « voir dans sa tête », c'est aussi se représenter mentalement non seulement ce qui s'est produit (visualisation du passé) mais aussi imaginer ce qui va advenir (visualisation prospective).

Là encore, le champ est vaste : vous pouvez vous représenter des événements à venir, personnels ou professionnels, et imaginer les sentiments qu'ils susciteront chez vous, vos proches ou vos collègues de travail. La fiction pourra largement intervenir, ce qui contribuera à nourrir votre imagination.

6

ORGANISATION LOGIQUE
(Les opérations intellectuelles)

Principes

En de multiples occasions, nous sommes amenés à raisonner, à prendre des décisions, à résoudre les problèmes pratiques, immédiats qui se posent à nous, lorsque nous devons évaluer des risques, envisager des conduites qui feront intervenir aussi bien nos facultés intellectuelles que notre mémoire ou nos sentiments. Les mathématiques ou la philosophie constituent naturellement des champs d'application de ces activités cognitives dites de haut niveau, alors que ces disciplines pourraient paraître à certains assez éloignées d'une quelconque utilisation pratique.

Le raisonnement fait intervenir la raison (du latin *ratio*, qu'on retrouve dans le terme « rationnel »). On a coutume de considérer que la raison s'oppose souvent à la foi aveugle, aux préjugés, à la passion, voire à l'intuition, bref à tout ce qui est ressenti et exprimé de façon immédiate et impulsive, parfois sans aucune nuance ni retenue. La raison s'oppose aussi à ce que certains philosophes appellent la *doxa*, c'est-à-dire l'opinion du plus grand nombre ayant pris force de loi, au point qu'on ne songe même plus à la soumettre à la critique.

Le raisonnement demande donc à la fois une liberté d'esprit et un travail de l'esprit. Cette dernière tâche s'opère très vite si on a coutume de la pratiquer assez souvent dans un domaine particulier, mais peut aussi prendre plus de temps lorsque les données nous semblent complexes et que nous ne sommes pas en mesure de nous les représenter aisément. Ce qui fait la complexité d'un problème, c'est le fait que nous ne soyons pas capables de nous en représenter les données. On voit par là l'importance de la représentation mentale.

Les opérations intellectuelles sollicitées dans les résolutions de problème ou les prises de décision consistent à associer, classer, induire, anticiper, planifier, déduire, calculer mentalement, analyser et synthétiser.

Dans les faits, elles interviennent en même temps et se combinent, mais, par souci de clarté, nous avons choisi, là encore, de les traiter séparément. Ajoutons que toutes ces opérations, à l'instar des autres activités mentales, font largement appel à la mémoire et au langage.

Applications

Association-classification

L'association

Associer, c'est établir un rapport entre plusieurs éléments qui peuvent paraître quelquefois disparates mais qui, à nos yeux, possèdent un lien commun. Si l'on voit des fils de fer barbelés en bordure d'un champ, on est conduit à penser qu'on risque de se blesser. Ou encore, quand on entend sonner le réveil, on se lève... notre cerveau a établi un lien entre la sonnerie et l'obligation de quitter le lit, même si, au fil du temps, ce rapport peut paraître un simple réflexe.

De même, certaines personnes, certains objets sont associés à des notions de plaisir ou de déplaisir. Si quelqu'un se présente à nous comme magistrat et qu'on a eu affaire de façon dommageable à la justice on associera à cette personne un certain déplaisir, même si cette expérience judiciaire date de plusieurs années et n'a aucun rapport avec la situation présente. En littérature, l'exemple de la fameuse madeleine de Proust, créant une impression persistante profondément liée à un souvenir d'enfance, est bien connu.

Mais le lien d'association n'a pas pour seule fonction de susciter le déplaisir ou la nostalgie...

Intérêt : Associer, apprendre à associer, c'est capital en termes d'efficacité dans notre vie de tous les jours.

Prenons le cas d'un dossier que nous recherchons, un peu au hasard, sans stratégie bien précise. Si nous nous octroyons une petite pause pour fouiller dans nos souvenirs, nous pouvons nous rappeler que ce dossier est bleu, ce qui nous sera fort utile dans notre recherche. Donner une spécificité (ici la couleur) à l'objet recherché, c'est procéder à une association.

Ce rappel peut revêtir une autre forme : toujours en fouillant dans nos souvenirs, nous pouvons faire émerger une scène bien particulière, au cours de laquelle une personne précise nous a confié ce dossier. En reconstituant la scène, nous pouvons retrouver le chemin qu'il a parcouru et, en fin de parcours, l'endroit où nous l'avons rangé.

L'utilité de l'association peut donc se manifester dans bien des domaines.

Applications dans la vie quotidienne : Ces liens destinés à nous montrer le chemin peuvent procéder de la couleur, de la forme, de la matière, de l'usage, de la différence, de la ressemblance, etc. Si l'on observe deux personnes qui se croisent dans la rue, on peut établir des associations dues au fait que ce sont deux femmes ou deux hommes, qu'elles appartiennent apparemment à la même tranche d'âge, qu'elles sont pressées, sont toutes deux brunes ou blondes, que leurs vêtements offrent certaines similitudes de couleur ou de style, qu'elles ont l'air content ou au contraire tendu, qu'elles sont (ou ne sont pas) accompagnées d'un enfant... ou même qu'elles traversent toutes deux au feu rouge... Mais l'association peut également procéder de la différence, voire de l'opposition : l'une est grosse, l'autre maigre, l'une a un chapeau, l'autre pas, etc. Il peut s'agir aussi de situations créant un lien entre elles (toutes deux peuvent être en train d'observer le même événement).

Les critères peuvent être rationnels, mais aussi irrationnels ou affectifs : on peut remarquer que tels ou tels de nos amis ont des personnalités proches, réagissent de la même façon face à certains événements, voire... souffrent des mêmes défauts.

D'une façon plus générale, l'association peut consolider la mémoire *prospective*, c'est-à-dire concernant les actions à venir (nous l'avons vu avec l'épisode du dentiste). Autre exemple, sachant que je vais aller chez des amis, je lie cet événement à son contexte, puisé dans les situations passées : le nom de la station de métro, le numéro de l'immeuble, de l'étage, l'ameublement du salon d'attente, etc. Savoir associer, au début de façon un peu laborieuse, puis de plus en plus naturelle aide à mieux se souvenir de quelque chose ou de quelqu'un.

La mémoire des noms propres peut aussi faire appel à l'association. Ces noms, généralement abstraits et souvent non consolidés par l'expérience, sont de ce fait difficiles à mémoriser. Nous devons nous employer à transformer l'abstrait en « concret » en liant, de façon artificielle, les noms des personnes à des images, des événements, des sentiments. Il y a mille et une façons de se souvenir d'un nom — du sentiment que nous avons éprouvé en rencontrant la personne à la plaisanterie que peut constituer... la déformation de son nom. En général, lorsqu'un nom est compliqué, insolite, nous faisons un effort pour le faire entrer dans notre « stock ». Ce nom a alors plus de chances de nous revenir en mémoire.

Il en est de même pour les dates : nous nous souvenons plus facilement de l'année ou du mois au cours desquels quelque chose d'important ou de grave s'est produit que des périodes que nous pouvons considérer comme banales. Mais les méthodes employées peuvent aussi faire appel à la référence personnelle : on peut dater tel ou tel événement survenu à une autre personne en établissant un rapport avec sa propre histoire : « Je m'en souviens, cela correspond justement à l'année où je suis parti en vacances à tel endroit », etc.

Le champ d'application de l'association est, on le voit, là aussi fort vaste.

La classification

Classer, c'est donner un ordre à ce qui se présente dans le désordre, donner plus ou moins d'importance à quelque chose ou à quelqu'un, lier des éléments par une logique qui n'est pas forcément apparente ou encore faire entrer tel ou tel élément dans une catégorie alors qu'il semblait isolé ou appartenant à une autre. Cela permet à notre esprit de devenir plus méthodique et, donc, plus performant.

La classification et l'association, dont nous avons traité dans les pages précédentes, sont interdépendantes. En effet, pour classer, il faut être capable d'associer et on ne peut y parvenir qu'à partir de classements déterminés (nous en avons déjà parlé avec la catégorisation sémantique).

Parmi les innombrables informations que véhiculent nos neurones, la classification permet d'atteindre plus rapidement ce qui est recherché, de concentrer sa pensée au lieu de la laisser s'égarer en tous sens. En cas de difficulté, la logique de la classification que nous aurons élaborée nous permettra souvent de nous tirer d'affaire.

C'est du reste selon le principe de classification en ensembles et sous-ensembles que fonctionnent les ordinateurs et les téléphones portables.

Intérêt : Classer permet de tirer l'essentiel, le plus utile, d'une masse d'informations. Il est utile de faire appel à son « carnet de bord mental » : on y révisera les méthodes de classement qui vont permettre d'agir mieux et plus vite. Cela évitera aussi de se sentir submergé par une masse d'informations qui nous assaillent, en particulier par l'entremise des médias.

Si nous nous habituons à classer les événements par ordre d'importance, nous nous rendons compte, assez rapidement, que quelquefois ces médias ne donnent pas la primeur à ce qui paraît essentiel, mais plus volontiers à de petits événements banals, qui ont l'avantage supposé d'être plus proches de nous, donc de nous intéresser davantage. Un célèbre journaliste britannique résumait cette pratique par une phrase assez cynique : « Pour la presse anglaise, cent morts en Afrique, c'est un simple fait divers, un mort à Londres, c'est un événement capital. »

Nous nous devons de rétablir les choses dans leur véritable importance. Ainsi irons-nous plus facilement à l'essentiel, en écartant le superflu.

Et notre esprit critique en sera renforcé.

Association

★

À quelles pierres précieuses ces couleurs sont-elles associées ?

Blanc

Jaune

Vert

Rouge

Bleu

Violet

Variante :

Écrire quatre mots associés à la notion de pierre précieuse.

Réponses page 255

Association

★★

Le langage des fleurs consiste à donner à certaines d'entre elles une signification sentimentale.

À quels sentiments ces fleurs sont-elles associées ?

Bleuet

Chrysanthème

Gardénia

Jonquille

Pensée

Aubépine

Variante :

Trouver cinq mots associés au terme « fleur ».

Réponses page 255

Association

★★★

À quelle année ces événements sont-ils associés ?

Les premiers pas de l'homme sur la Lune

Le concile Vatican II

L'assassinat de John Kennedy

L'effondrement du mur de Berlin

Le printemps de Pékin

L'abolition de la peine de mort en France

Variante :

Trouver cinq dates qui vous semblent avoir joué un rôle capital dans votre vie.

Réponses page 256

Association

★★★★

À quels auteurs les œuvres suivantes sont-elles associées ?

La Joconde

L'Angélus

La Ronde de nuit

L'Olympia

Les Tournesols

Les Demoiselles d'Avignon

Les Nymphéas

Variante :

Trouver six mots associés au terme « peinture » (en tant qu'art).

Réponses page 256

Réponses

★

Blanc : diamant
Jaune : topaze
Vert : émeraude
Rouge : rubis
Bleu : saphir
Violet : améthyste

Mots associés à la notion de pierre précieuse :
Bijou, bijoutier, joaillier, monture, collier, diadème, bague, bracelet, pendentif, taille, polissage, sertissage, richesse, fiançailles, etc.

★★

Bleuet : délicatesse
Chrysanthème : amour
Gardénia : sincérité
Jonquille : désir
Pensée : pensez à moi
Aubépine : espérance

Citons aussi :
Bouton d'or : moquerie, camélia : constance, colchique : jalousie, crocus : joie, cyclamen : sentiments durables, églantine : bonheur fugace, fuchsia : gentillesse, glaïeul : indifférence, glycine : tendresse, hortensia : indifférence, jacinthe : grâce et douceur, marguerite : fidélité, mimosa : sécurité, myosotis : ne m'oubliez pas, primevère : affection tendre et sincère, romarin : doux souvenir, souci : jalousie, etc.

Mots associés aux fleurs :
Bouquet, botanique, jardin, parfum, fraîcheur, massif, fané, fleuriste, gerbe, couronne, tige, pistil, bouton, pétale, opercule, étamine, corolle, amour,

anniversaire, fiançailles, mariage, fête, couronne, enterrement, etc.

★★★

Premiers pas de l'homme sur la Lune : 21 juillet 1969

Concile Vatican II : ouverture le 11 octobre 1962

Assassinat de John Kennedy : 22 novembre 1963

Effondrement du mur de Berlin : 9 novembre 1989

Printemps de Pékin : 17 mai 1989

Abolition de la peine de mort en France : 9 octobre 1981

★★★★

La Joconde : Léonard de Vinci

L'Angélus : Jean-François Millet

La Ronde de nuit : Rembrandt

L'Olympia : Édouard Manet

Les Tournesols : Vincent Van Gogh

Les Demoiselles d'Avignon : Pablo Picasso.

Les Nymphéas : Claude Monet

Mots associés à la peinture :

Palette, modèle, toile, cadre, pinceau, couleur, couteau, tube, huile, aquarelle, dessin, art, beaux-arts, exposition, salon, réalisme, abstraction, etc.

Classification

★

Qu'est-ce qui lie ces divers éléments ?

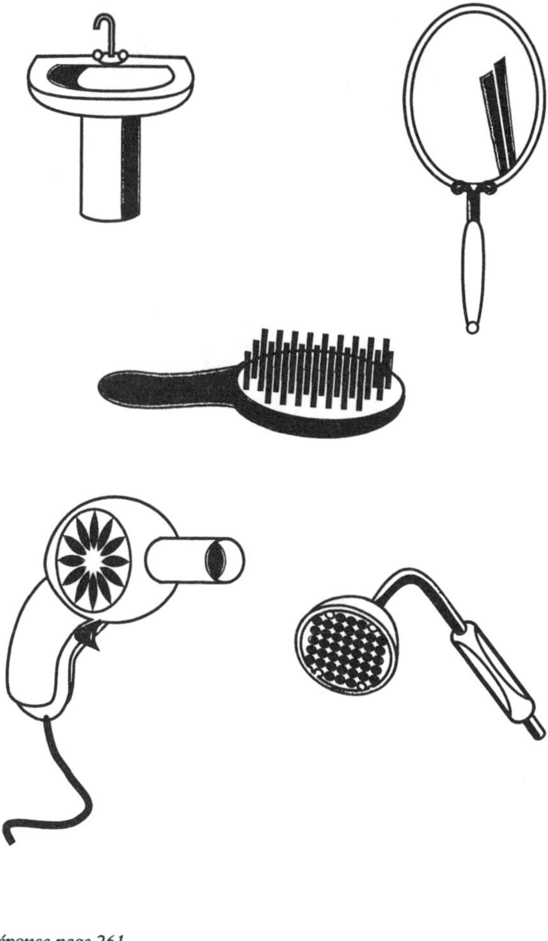

Réponse page 261

Classification

★★

Qu'est-ce qui lie ces divers éléments ?

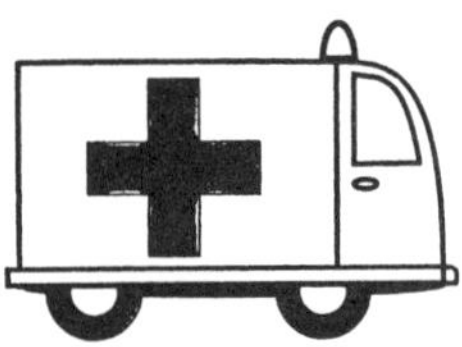

Réponse page 261

Classification

★★★

Qu'est-ce qui lie ces divers éléments ?

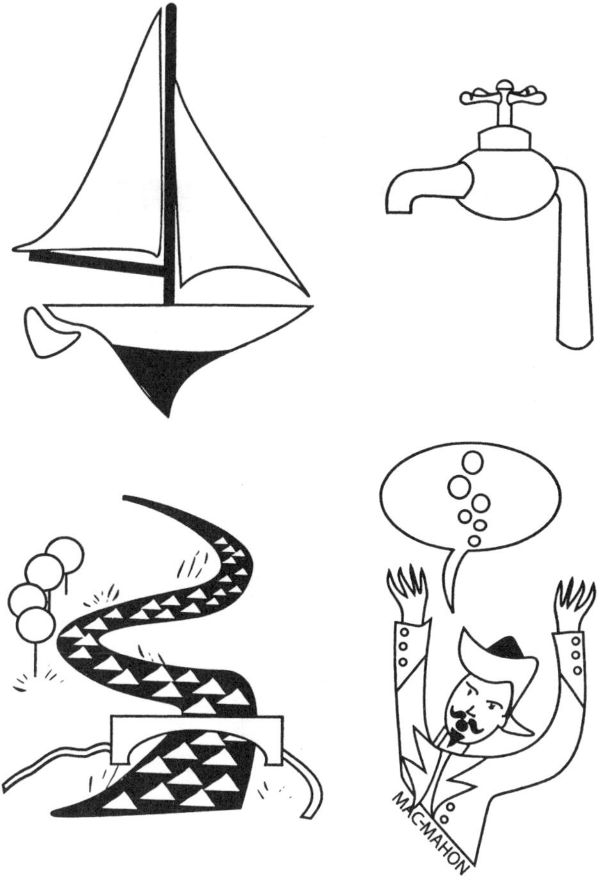

Réponse page 261

Classification

★★★★

Qu'est-ce qui lie ces divers éléments ?

9

Réponse page 261

Réponses

★

Ce sont des éléments de la toilette.

★★

La voiture de pompiers et la cape du torero sont rouges, de même que le sang coulant d'une plaie et la croix sur l'ambulance.

★★★

Un bateau vogue sur l'eau, un robinet débite de l'eau, de l'eau coule dans une rivière, enfin le maréchal de Mac-Mahon lança, en observant les inondations, le célèbre et inoubliable commentaire : « Que d'eau, que d'eau ! »

★★★★

Un sénateur, ayant droit à l'écharpe tricolore, est élu pour neuf ans.

Induction-déduction

L'induction

L'induction est une opération mentale qui conduit, à partir d'éléments divers, parfois sans lien évident, à bâtir une conception plus générale, voire une règle. Un type d'induction nous est donné par ce qu'on appelle la « sagesse populaire », qui désigne les savoirs nés de l'observation quotidienne et qui sont à l'origine de bien des proverbes. Par exemple, plus on utilise un objet, plus on augmente ses risques d'usure ou de destruction, ce qui se traduira par : « Tant va la cruche à l'eau qu'à la fin elle se casse », etc.

La déduction

La déduction, qui est très proche, consiste à démontrer quelque chose sous forme de règle ou de loi et à exposer les conséquences qui en résulteront, en faisant beaucoup plus appel à la logique théorique.

Ces deux modes de raisonnement étant souvent liés, nous les ferons intervenir en même temps dans les exercices qui suivent.

Induction-déduction

★

Ranger ces fractions dans l'ordre décroissant :

$$\frac{1}{5} \qquad \frac{5}{3} \qquad \frac{10}{20} \qquad \frac{30}{40} \qquad \frac{7}{8}$$

Réponses page 267

Induction-déduction

★★

François est plus grand que Bernard, mais plus petit que Paul. Jacques mesure 5 cm de plus que Paul.

Lequel est le plus petit ?

Classer les 4 hommes par taille décroissante.

Réponses page 267

Induction-déduction

★★★

La montre de Nicole avance de 20 mn.

La montre de Michel retarde de 35 mn.

Sachant que la montre de Jacques est à l'heure et indique 7 h 10, quelle heure indiquent les deux autres montres ?

Réponses page 267

Induction-déduction

★★★★

Un ordinateur est mis en vente, avec ses périphériques (imprimante et scanner) pour la somme totale de 1 500 euros.

L'ordinateur seul, sans ses périphériques, coûte 300 euros de plus que les accessoires.

Combien coûtent les accessoires ?

Combien coûte l'ordinateur seul ?

Réponses page 267

Réponses

★

$$\frac{5}{3} \quad \frac{7}{8} \quad \frac{30}{40} \quad \frac{10}{20} \quad \frac{1}{5}$$

★★

Le plus petit est Bernard.

Ordre de taille décroissant : Jacques, Paul, François, Bernard.

★★★

La montre de Jacques, qui est à l'heure, indique 7 h 10.

Celle de Nicole avançant de 20 mn indiquera 7 h 30.

Celle de Michel retardant de 35 mn indiquera 6 h 35.

★★★★

L'ordinateur sera appelé A. Les périphériques imprimante et scanner porteront le nom général de B. On sait par l'énoncé que :

A + B = 1 500 euros

A = B + 300 euros

Remplaçons A par cette valeur dans la première équation : (B + 300 euros) + B = 1 500 euros

L'ordinateur vaut donc 900 euros, et les périphériques 600 euros

Analyse-synthèse

L'analyse

Analyser c'est mettre en évidence, en les isolant, les diverses composantes d'un tout. Ainsi parvient-on à une meilleure compréhension. Analyser une situation avant d'agir, c'est bien définir les divers aspects qui la constituent, y compris les avantages ou les dangers qu'elle peut receler. Prenons un exemple très courant : avant de traverser à pied une rue, on vérifie si le feu est au rouge pour les voitures au vert pour les piétons, si un véhicule n'arrive pas à trop vive allure pour freiner à temps etc. De même, face à un problème théorique, il est important de bien définir et séparer les éléments qui le composent avant d'élaborer une solution.

La synthèse

Lorsqu'on réunit les éléments que l'analyse nous a permis de définir, on opère une synthèse. Dans le cas que nous citons, une fois tous les éléments connus par l'analyse (feu rouge, feu vert, etc.), on les réunit, on les combine, pour en faire un tout, qui sera une synthèse qu'on pourra énoncer ainsi : la voie est libre. On peut donc traverser...

Les deux notions, on le voit, sont complémentaires. Du moins théoriquement.

Car certaines personnes possèdent un esprit d'analyse très poussé, mais ne parviennent pas pour autant à constituer un tout logique, capable d'entraîner une déduction ou une action. Elles se perdent dans l'analyse, créent des sections, des sous-sections, etc. Au moment où il leur faudra agir ou exprimer un message simple et clair, elles ne parviendront pas à opérer la synthèse indispensable ou adopteront une conduite velléitaire. On dit de ces personnes qu'elles ont un esprit analytique.

D'autres, au contraire, possèdent un esprit de synthèse très développé, mais leur trop grande rapidité à vouloir tout comprendre leur fait commettre des erreurs d'analyse : elles oublient tel ou tel paramètre et risquent d'aboutir à des conclusions ou des conduites erronées. Elles ne savent pas « peser » une situation, faute d'éléments fiables. Lorsque ces personnes omettent fréquemment de prendre en compte tel ou tel élément d'information, on dit qu'elles ont un esprit *elliptique*.

Intérêt : Analyse et synthèse se complètent, nous l'avons dit. On peut en voir de constantes illustrations dans la vie quotidienne.

Prenons l'exemple d'un simple repas de famille : la question de la date où tout le monde pourra être présent constitue parfois... un véritable casse-tête : un tel est absent, un autre a pris déjà un rendez-vous, un troisième n'est pas certain d'être libre et donc réserve sa réponse, ce qui oblige souvent à envisager plusieurs dates possibles. On devra bien entendu éviter de convier ensemble ceux qui finissent toujours par se disputer et créer une ambiance désagréable... Le problème du menu n'est pas toujours très simple non plus : celui-ci ne mange pas de viande, l'autre déteste les plats sucrés-salés. Les enfants auront droit à une nourriture spéciale, y compris ceux qui n'aiment que les pâtes ou les frites... Bien entendu, il faudra prévoir de convaincre diplomatiquement celui qui fume entre les plats d'aller faire un petit tour dans la pièce voisine...

Analyse-synthèse

★

Dans cette suite de nombres, quel est celui qui n'a pas sa place ?

6 2 8 16 32 64 128 75

Réponse page 274

Analyse-synthèse

★★

Un concert doit commencer à 20 h 30.

La chaîne de télévision qui doit le retransmettre, à la suite d'un incident technique, ne peut le faire qu'à partir de 21 h 20.

Sachant que le concert a réellement commencé 5 minutes après son horaire initial, quelle est la durée du concert manquée par les téléspectateurs ?

Réponses page 274

Analyse-synthèse

★★★

Identifier dans cette phrase trois informations :

« La petite fille grelottait de froid, l'obscurité de la forêt qui l'entourait lui semblait porteuse de menaces, si bien qu'elle restait figée, comme engourdie. »

Réponses page 274

Analyse-synthèse

★★★★

Identifier dans ce texte six informations différentes :

« Tous les matins, de bonne heure, il se confectionnait un café bien chaud destiné à chasser le sommeil de la nuit, puis exécutait divers éléments de gymnastique, toujours les mêmes. Ensuite, il consacrait une bonne demi-heure à sa toilette, puis sélectionnait avec soin ses vêtements, en choisissant ceux qui pouvaient se combiner le plus harmonieusement. Ensuite, il prenait connaissance de la presse et, en fin de matinée, faisait une petite promenade destinée à lui donner de l'appétit pour le déjeuner. Dans le restaurant où il se rendait, on connaissait ses habitudes et à peine s'était-il assis que sa demi-bouteille d'eau minérale était déjà posée sur sa table. »

Réponses page 275

Réponses

★

6	2	8	16	32	64	128	75

La somme des deux premiers nombres équivaut au troisième.

La somme des trois premiers nombres équivaut au quatrième.

La somme des quatre premiers nombres équivaut au cinquième.

La somme des cinq premiers nombres équivaut au sixième.

La somme des six premiers nombres équivaut au septième.

Le dernier n'a aucun point commun avec les autres.

★★

Le concert commence réellement à :
20 h 30 + 5 mn de retard = 20 h 35.
La chaîne transmet le concert à partir de 21 h 20.
Donc il manquera au téléspectateur :
21 h 20 – 20 h 35 = 45 mn.

★★★

Voici quelques informations qui apparaissent dans cette phrase :

— Le personnage est un enfant — c'est une fille — elle se trouve dans un forêt — elle a froid — elle a peur — elle reste immobile.

★★★★

Voilà quelques informations qui apparaissent dans ce texte :

— Le personnage est masculin — il est matinal — il aime le café — il vit apparemment seul dans son appartement — il ne souffre sans doute pas d'insomnie — sa vie est très organisée (on peut dire qu'il est un homme d'habitudes) — il est coquet — il ne vit pas isolé car il s'intéresse, par l'entremise de la presse, au monde qui l'entoure — il ne boit pas d'alcool, du moins au déjeuner — il n'est pas pauvre — il n'exerce pas d'activité professionnelle le matin.

CONCLUSION

L'accès au savoir, nous en sommes parfaitement conscients et l'avons souligné à plusieurs reprises, dépend largement de facteurs socio-économiques sur lesquels aucun ouvrage, aucune méthode, ne pourrait prétendre agir. Ces facteurs marquent les limites de notre entreprise.

Mais celle-ci couvre néanmoins un autre champ d'action, assez vaste pour nous permettre de croire à son efficacité et même à sa nécessité. Car elle se propose d'offrir à chacun la précieuse liberté de cultiver et d'étendre à tout âge ses compétences cognitives. Naître sous une mauvaise étoile n'empêche pas de marcher vers les étoiles...

Les compétences cognitives, rappelons-le, jouent un rôle capital dans l'épanouissement personnel et social — au même titre que l'équilibre affectif, sur lequel elles exercent une influence non négligeable. Elles permettent de mieux se prendre en charge en vue de la conquête de son autonomie intellectuelle et psychologique.

Nous nous sommes fixé comme but de développer ces compétences, selon le rythme de vie et la personnalité de chacun. Les principes pédagogiques, les apprentissages, les applications dans la vie quotidienne que nous avons proposés sont autant de repères, de petits auxiliaires destinés à aiguiser notre curiosité, à améliorer notre approche intellectuelle et, donc, à nous faciliter la vie.

Si le langage y occupe une place aussi importante, c'est qu'il constitue un puissant outil de la pensée et, aussi, parce qu'il est la fonction sur laquelle on peut le plus facilement agir seul. Une fois ses bases acquises, chacun pourra les consolider, ne serait-ce que par la pratique de la lecture.

Pour les autres fonctions cognitives, ce livre s'est attaché à proposer des aides simples, parmi celles qui se sont révélées le plus efficaces dans l'expérience des psychologues. Si c'est un lieu commun de considérer que le cerveau, organe des apprentissages, demeure le plus complexe de tous les organes et qu'établir un rapport direct entre son fonctionnement et la mise au point d'une pédagogie serait une gageure, nous avons néanmoins acquis quelques solides connaissances qui nous ont autorisés à rassembler ce que les chercheurs et les cliniciens nous livrent en pièces détachées...

Le mot clé qui pourrait illustrer l'esprit de ce livre dans ses aspects cognitifs et psychologiques serait sans nul doute celui d'« organisation ». L'organisation constitue un mode d'accès à l'autogestion, à l'épanouissement individuel et social, dans un monde où technologie et virtualité font désormais partie de notre quotidien. L'organisation permet l'indispensable adaptation à ce nouvel environnement, qui exige un constant renouveau dans la connaissance et le maniement d'outils technologiques et de concepts virtuels. Nous fournissons quelques pistes, quelques outils et leurs instructions pour y parvenir.

Personne ne pourrait prétendre répondre à toutes les questions posées dans ce livre. Mais si sa lecture et sa mise en pratique stimulent la curiosité intellectuelle, favorisent l'épanouissement personnel et contribuent à une meilleure adaptation à la société des hommes, il aura largement atteint son but.

Remerciements

Je remercie Françoise Forette, professeur de gérontologie à l'hôpital Broca, pour la confiance dont elle m'honore et pour sa haute compétence dont je bénéficie depuis que je travaille à ses côtés.

Table

Bien-être, des livres qui vous font du bien

Psychologie, santé, sexualité, vie familiale, diététique... : la collection Bien-être apporte des réponses pratiques et positives à chacun.

Psychologie

Thomas Armstrong
Sept façons d'être plus intelligent - n° 7105

Jean-Luc Aubert et Christiane Doubovy
Maman, j'ai peur – Mère anxieuse, enfant anxieux ? - n° 7182

Anne Bacus et Christian Romain
Libérez votre créativité ! - n° 7124

Anne Bacus-Lindroth
Murmures sur l'essentiel – Conseils de vie d'une mère à ses enfants - n° 7225

Simone Barbaras
La rupture pour vivre - n° 7185

Martine Barbault et Bernard Duboy
Choisir son prénom, choisir son destin - n° 7129

Deirdre Boyd
Les dépendances - n° 7196

Nathaniel Branden
Les six clés de la confiance en soi - n° 7091

Sue Breton
La dépression - n° 7223

Jack Canfield et Mark Victor Hansen
Bouillon de poulet pour l'âme - n° 7155
Bouillon de poulet pour l'âme 2 - n° 7241
Bouillon de poulet pour l'âme de la femme *(avec J.R. Hawthorne et M. Shimoff)* - n° 7251
Bouillon de poulet pour l'âme au travail - *(avec M. Rogerson, M. Rutte et T. Clauss)* - n° 7259

Richard Carlson
Ne vous noyez pas dans un verre d'eau - n° 7183
Ne vous noyez pas dans un verre d'eau… en famille ! - n° 7219
Ne vous noyez pas dans un verre d'eau... en amour ! *(avec Kristine Carlson)* - n° 7243
Ne vous noyez pas dans un verre d'eau... au travail - n° 7264

Steven Carter et Julia Sokol
Ces hommes qui ont peur d'aimer - n° 7064

Chérie Carter-Scott
Dix règles pour réussir sa vie - n° 7211
Si l'amour est un jeu, en voici les règles - n° 6844

Loly Clerc
Je dépense, donc je suis ! - n° 7107

Guy Corneau
N'y a-t-il pas d'amour heureux ? - n° 7157
La guérison du cœur - n° 7244
Victime des autres, bourreau de soi-même - n° 7465

Lynne Crawford et Linda Taylor
La timidité - n° 7195

Dr Christophe Fauré
Vivre le deuil au jour le jour - n° 7151

Dr Christian Gay et Jean-Alain Génermont
Vivre avec des hauts et des bas - n° 7024

Daniel Goleman
L'intelligence émotionnelle - n° 7130
L'intelligence émotionnelle 2 - n° 7202

John Gray
Les hommes viennent de Mars, les femmes viennent de Vénus - n° 7133
Une nouvelle vie pour Mars et Vénus - n° 7224
Mars et Vénus, les chemins de l'harmonie - n° 7233
Mars et Vénus, 365 jours d'amour - n° 7240
Les enfants viennent du paradis - n° 7261
Mars et Vénus ensemble pour toujours - n° 7284
Mars et Vénus au travail - n° 6872
Mars et Vénus - Petits miracles au quotidien - n° 6930

Marie Haddou
Savoir dire non - n° 7178
Avoir confiance en soi - n° 7245
Halte au surmenage - n° 7278

James Hillman
Le code caché de votre destin - n° 7256
La force du caractère - n° 6477

Evan Imber-Black
Le poids des secrets de famille - n° 7234

Sam Keen
Être un homme - n° 7109
Aimer et être aimé - n° 7262

Dr Barbara Killinger
Accros du boulot - n° 7116

Dr Gérard Leleu
Amour et calories - n° 7139
La fidélité et le couple - n° 7226
L'intimité et le couple - n° 7260
L'écologie de l'amour - n° 7275

Jean-Claude Liaudet
Dolto expliquée aux parents - n° 7206
La psychanalyse sans complexes - n° 7270
Telle fille, quel père ? - n° 7466

Ursula Markham
Le deuil - n° 7230
Les traumatismes infantiles - n° 7231

Bernard Martino
Le bébé est une personne - n° 7094

Pia Mellody
Vaincre la dépendance - n° 7013

Yannick Noah
Secrets, etc. - n° 7150

Robin Norwood
Ces femmes qui aiment trop – 1 - n° 7020
Ces femmes qui aiment trop – 2 - n° 7095

Armelle Oger
Et si l'on changeait de vie - n° 7258

Dr Xavier Pommereau
Quand l'adolescent va mal - n° 7147

Dr Henri Rubinstein
La dépression masquée - n° 7214

Jacques Salomé
Papa, maman, écoutez-moi vraiment - n° 7112
Apprivoiser la tendresse - n° 7134

Elaine Sheehan
Anxiété, phobies et paniques - n° 7213

Barbara Sher et Barbara Smith
Vous êtes doué et vous ne le savez pas - n° 7141

Nita Tucker
Le grand amour pour la vie - n° 7099

Isabelle Yhuel
Mère et fille, l'amour réconcilié - n° 7161
Quand les femmes rompent - n° 7201

Santé

R. Aron-Brunetière
La beauté et les progrès de la médecine - n° 7006

Joanna Bawa
Santé et ordinateur : le guide quotidien - n° 7207

Dr Martine Boëdec
L'homéopathie au quotidien - n° 7021

Dr Jacques Boulet
Se soigner par l'homéopathie - n° 7165

Julia Buckroyd
Anorexie et boulimie - n° 7191

Dr Jean-Pierre Cahané et Claire de Narbonne
Nourritures essentielles - n° 7168

Chantal Clergeaud
Un ventre plat pour la vie - n° 7136

Bruno Comby
Libérez-vous du tabac ! - n° 7012

Dr Lionel Coudron
Stress, comment l'apprivoiser - n° 7027
Mieux vivre par le yoga - n° 7115

Dr David Élia
Comment rester jeune après 40 ans Version femmes - n° 7111
Le bonheur à 50 ans - n° 7184
50 ans au naturel - n° 6828

Pierre Fluchaire
Bien dormir pour mieux vivre - n° 7005
Plus jamais fatigué ! - n° 7015

Dr Pierrick Hordé
Allergies, le nouveau fléau ? - n° 7248

Arthur Janov
Le corps se souvient - n° 7257

Chris Jarmey
Le shiatsu - n° 7242

Dr Michel Lecendreux
Le sommeil - n° 7280

Dr Gérard Leleu
Le traité du plaisir - n° 7093

Claudie Lepage
Le nouvel âge d'or de la femme - n° 7274

Maurice Mességué
C'est la nature qui a raison - n° 7028

Dr Sylvain Mimoun
Des maux pour le dire - n° 7135

Peter Mole
L'acupuncture - n° 7189

Paule Neyrat
Les vertus des aliments - n° 7265

Lionelle Nugon-Baudon et Évelyne Lhoste
Maisons toxiques - n° 7229

Pierre et Florence Pallardy
La forme naturelle - n° 7007

Jean-Yves Pecollo
La sophrologie - n° 3314
La sophrologie au quotidien - n° 7101

Vicki Pitman
La phytothérapie - n° 7212

Jocelyne de Rotrou
La mémoire en pleine forme - n° 7087
La tête en pleine forme - n° 7199

Josette et Vincent Rousselet-Blanc
Les remèdes de grands-mères - n° 7272

Dr Hubert Sacksick
Les hormones - n° 7205

Jon Sandifer
L'acupression - n° 7204

Béatrice Sauvageot et Jean Métellus
Vive la dyslexie ! - n° 7073

Debbie Shapiro
L'intelligence du corps - n° 7208

Sidra Shaukat
La beauté au naturel - n° 7222

Rochelle Simmons
Le stress - n° 7190

André Van Lysebeth
J'apprends le yoga - n° 7197

Dr Andrew Weil

Huit semaines pour retrouver une bonne santé - n° 7193
Le corps médecin - n° 7210
Le guide essentiel de la diététique et de la santé - n° 7269

Diététique

Marie Binet et Roseline Jadfard

Trois assiettes et un bébé - n° 7113

Dr Alain Bondil et Marion Kaplan

Votre alimentation - n° 7010
L'âge d'or de votre corps - n° 7108

André Burckel

Les bienfaits du régime crétois - n° 7247

Dr Jean-Michel Cohen

Savoir maigrir - n° 7266
Au bonheur de maigrir - n° 6893

Sonia Dubois

Maigrissons ensemble ! - n° 7120
Restons minces ensemble ! - n° 7187

Dr Pierre Dukan

Je ne sais pas maigrir - n° 7246

Annie Hubert

Pourquoi les Eskimos n'ont pas de cholestérol - n° 7125

Dr Catherine Kousmine

Sauvez votre corps ! - n° 7029

Linda Lazarides

Le régime anti-rétention d'eau - n° 6892

Marianne Leconte

Maigrir - Le nouveau bon sens - n° 7221

Colette Lefort

Maigrir à volonté - n° 7003

Michelle Joy Levine

Le choix de la minceur - n° 7267

Michel Montignac

Je mange donc je maigris... et je reste mince ! - n° 7030
Recettes et menus Montignac - n° 7079
Recettes et menus Montignac 2 - n° 7164
Comment maigrir en faisant des repas d'affaires - n° 7090
La méthode Montignac Spécial Femme - n° 7104
Mettez un turbo dans votre assiette - n° 7117
Je cuisine Montignac - n° 7121
Restez jeune en mangeant mieux - n° 7137
Boire du vin pour rester en bonne santé - n° 7188

Lionelle Nugon-Baudon

Toxic-bouffe - Le dico - n° 7216

Dr Philippe Peltriaux et Monique Cabré

Maigrir avec la méthode Peltriaux - n° 7156

Nathalie Simon

Mangez beau, mangez forme - n° 7126

Sexualité

Régine Dumay

Comment bien faire l'amour à une femme - n° 7227
Comment bien faire l'amour à un homme - n° 7239

Céline Gérent

Savoir vivre sa sexualité - n° 7014

John Gray

Mars et Vénus sous la couette - n° 7194

Shere Hite

Le nouveau rapport Hite - n° 7294

Dr Barbara Keesling

Comment faire l'amour toute la nuit - n° 7140

Le plaisir sexuel - n° 7170

Brigitte Lahaie

Les chemins du mieux-aimer - n° 7128

Dr Gérard Leleu

Le traité des caresses - n° 7004
Le traité du désir - n° 7176

Dagmar O'Connor

Comment faire l'amour à la même personne... pour le reste de votre vie - n° 7102

Jean Paccalin

Une pilule nommée désir - n° 7180

Isabelle Yhuel

Les femmes et leur plaisir - n° 7268

Vie familiale

Edwige Antier

J'aide mon enfant à se concentrer - n° 7232
L'enfant de l'Autre - n° 7250
Éloge des mères - n° 7283
Confidences de parents - n° 7293

Françoise Civeyrel

Consommez bien. Dépensez mieux - n° 7098

Brigitte-Fanny Cohen

Un bébé mais pas à tout prix - n° 6859

Dr Julien Cohen-Solal

Comprendre et soigner son enfant – I -n° 7096
Comprendre et soigner son enfant – II - n° 7097
Être heureux à l'école ? - n° 7173
Les deux premières années de la vie - n° 7203

Carolyn Pape Cowan et Philip A. Cowan

1+1 = 3 - n° 7065

Shakuntala Devi

Éveillez le génie qui est en votre enfant - n° 7277

Brigitte Hemmerlin

Maman Solo - n° 7100

Tracy Hogg

Les secrets d'une charmeuse de bébés - n° 6970

Harry Ifergan et Rica Etienne

6-12 ans, l'âge incertain - n° 6478
Mais qu'est-ce qu'il a dans la tête ? - n° 7271

Vicki Iovine

Grossesse, le guide des copines - n° 7176

Hélène de Leersnyder

Laissez-les faire des bêtises - n° 7106

Gerry Marino et Francine Fortier

La nouvelle famille - n° 7122

Bernard Martino

Le bébé est un combat - n° 7181

Heather Noah

S'épanouir en attendant bébé - n° 7252

Nancy Samalin

Savoir l'entendre, savoir l'aimer - n° 7062
Conflits parents-enfants - n° 7198

Chantal de Truchis-Leneveu

L'éveil de votre enfant - n° 7146

Paul Wilson et Tania Wilson

Mère calme enfant calme - n° 7330

Cuisine

Flore Andreis-Caubet

La cuisine provençale d'aujourd'hui - n° 6832

Paul Bocuse

Bocuse dans votre cuisine - n° 7145

Jean-Pierre Coffe

Comme à la maison –1 - n° 7148
Comme à la maison –2 - n° 7177

Le marché - n° 7154
Au bonheur des fruits - n° 7163

Christine Ferber

Mes confitures *(édition augmentée)* - n° 6162
Mes tartes sucrées et salées - n° 7186
Mes aigres-doux, terrines et pâtés - n° 7237

Nadira Hefied

130 recettes traditionnelles du Maghreb - n° 7174

Peta Mathias

Fêtes gourmandes - n° 720

Christian Parra

Mon cochon de la tête aux pieds - n° 7238

Jean-Noël Rio

Je ne sais pas cuisiner - n° 7273

Marie Rouanet

Petit traité romanesque de cuisins - n° 7159

Denise Verhoye

Les recettes de Mamie - n° 7209

Harmonies

Karen Christensen

La maison écologique - n° 7152

Lama Surya Das

Éveillez votre spiritualité - n° 7281

Karen Kingston

L'harmonie de la maison par le Feng Shui - n° 7158

Philip Martin

La voie zen pour vaincre la dépression - n° 7263

Pratima Raichur et Marian Cohn

La beauté absolue - n° 6929

Jane Thurnell-Read

Les harmonies magnétiques - n° 7228

Jean Vernette et Claire Moncelon

Les nouvelles thérapies - n° 7220

Richard Webster

Le Feng Shui au quotidien - n° 7254

Christine Wildwood

L'aromathérapie - n° 7192

Paul Wilson

Le principe du calme - n° 7249
Le grand livre du calme – La méthode - n° 7249
Le grand livre du calme – Au travail - n° 7276

Nature et loisirs

Sonia Dubois

La couture - n° 7144

John Fisher

Comprendre et soigner son chien - n° 7160

Daniel Gelin

Le jardin facile - n° 7143

Louis Giordano

Aux jardiniers débutants : 500 conseils et astuces - n° 7215

Marjorie Harris

Un jardin pour l'âme - n° 7149

Jean-Marie Pelt

Des fruits - n° 7169
Des légumes - n° 7217

Roger Tabor

Comprendre son chat - n° 7153

Bienêtre

7199

Achevé d'imprimer en France (Manchecourt)
par Maury-Eurolivres
le 24 août 2003.
Dépôt légal août 2004. ISBN 2-290-33117-1

Éditions J'ai lu
84, rue de Grenelle, 75007 Paris
Diffusion France et étranger : Flammarion